湯屋のお助け人【二】

桃湯の産声

千野隆司

双葉文庫

目次

湯屋のお助け人【二】
桃湯の産声

第一章　産婆見習い

一

闇に覆（おお）われた新月の夜。風が堀の水面（みなも）を吹き抜けてゆく。川風でも、寒さは感じない。

船首の向かうはるか先には常盤橋御門（ときわばしごもん）があり、そこから石垣が続いている。見上げると、闇の中に聳（そび）え立っているかに見えた。

舟から降りた男は、堀の船着場に身を潜ませた。明かりは、やや離れた竜閑橋（りゅうかんばし）の袂（たもと）にある石灯籠（いしどうろう）だけだ。

並んでいる店はどこも戸を下ろして、微かな明かりも漏れていなかった。寝静まって、野良犬の遠吠（とおぼ）えさえ聞こえない。九つ（午前零時）を過ぎた刻限である。

河岸道（かしみち）に並んだ商家の中で、ひときわ大きな造りの建物に男は目をやった。心の臓が熱くなっている。こそりとも物音のしない敷地の中で、今一つの出来事が起こっている。それを思うと叫び出したい気持ちにもなったが、じっと堪（こら）えていた。

こうして闇の中に、一刻（二時間）以上もの間身を潜めているのは、初めてのことである。

「おめえは、気持ちの弱いところがあるからな。ぼやぼやするんじゃねえぞ」

昨夜最後の打ち合わせをしたときに、金兵衛（きんべえ）から言われた。八つ違いの、父親代わりの長兄である。

「まあ人間、死んだ気になれば、できねえことはねえさ」

そう言ったのは、二番目の兄の弥蔵（やぞう）だ。歳の差は五つだが、それ以上の違いがあるように感じていた。この金兵衛と弥蔵がいたから、父や母を早くに亡くしても、寒い思いや空腹に泣くこともなく過ごしてこられた。

金兵衛は瓦職人（かわらしょくにん）、そして弥蔵は錠前（じょうまえ）職人だった。この二人の兄に、裏の稼業があると知ったのは、三月（みつき）前のことである。

「そろそろおめえにも、手伝ってもらおうじゃねえか。手始めは見張りと、逃げ出す舟の船頭役だ。おめえは櫓（ろ）の漕（こ）ぎ方はうめえからな」

うめえと金兵衛に褒(ほ)められたのは、なによりも嬉しかった。だが兄たちがやろうとしているのは、とてつもなく恐ろしいことだった。捕らえられれば、死罪になる。物持ちの家に押し込んで、金を強奪する。これまでも兄たちは、いくつかの押し込みをし遂(と)げているという話だった。

男はその金で、両親亡きあと養われてきたのである。

「いやだとは言えねえ」

体が震えたが、断るなど考えもしなかった。むしろ兄たちと同じ仕事ができることに喜びがあった。

襲う先は、本銀町(ほんしろがねちょう)一丁目の老舗(しにせ)の両替屋(りょうがえや)三笠屋(みかさや)である。

「あそこならば、千両箱を狙えるぞ」

弥蔵は自信ありげに言った。頼もしい横顔だった。飯を食わせてもらっただけではない。やくざ者数名に因縁(いんねん)を吹っかけられ、殴られていたときに助けに来てくれたのはこの兄だった。

駆け寄ってきた弥蔵は、息も切らさぬうちに、ならず者たちを打ちのめしてしまった。匕首(あいくち)を持った相手でも怯(ひる)まない。小さい頃から喧嘩上手(けんかじょうず)だった。

「さあ、おめえも殴れ」

地べたにへたりこんだやくざ者を、弥蔵は殴れと命じた。男は握り拳を作って手を振り上げたが、血まみれになった相手を殴ることはできなかった。

「意気地のねえやつだ」

弥蔵はため息をついた。男が十五、六の歳のときだ。

また風が、堀の水面を吹き抜けた。相変わらず、三笠屋からは何の物音も漏れては来なかった。

そろそろ兄たちが、戻ってきてよい頃合だ。闇に紛れて、土手から河岸の道を覗いた。

目は、すでに暗がりに慣れている。

何事もないと思ったときに、男は「はっ」と声を上げそうになった。天水桶の陰に人が潜んでいる気配を感じたからである。

闇に目を凝らした。

突く棒を手にした捕り方がいる。

何かあったら、指笛を吹け。そう言われていた。鋭いやつを一つだけ。それで兄たちは気づき、逃走の態勢を作る。

男は指を口にくわえた。そして思い切り吸った息を吐き出そうとしたときに、鋭い呼子の音が夜のしじまを破った。

「わっ」という喊声。

それは思いがけず近くで、たくさんの声だった。

「御用」

張りのある男の声が、三笠屋の建物の奥に響いた。すると「御用」「御用」という違う声が、それに続いた。

河岸道にも、足音が起こった。天水桶の陰に潜んでいた捕り方が立ち上がった。一人ではない。数名の者が闇の中から現れた。また店脇の路地からも、黒い人影が現れた。どの男たちも、突く棒や刺股といった捕物道具を手にしていた。

捕り方は、あっという間に店の戸口を取り囲んで、身構えている。逃げ出してくる賊があれば、寄ってたかって捕らえようという腹だ。

土手に蹲っていた男は、何もできなかった。ただ体をぶるっと震わせただけである。

いくつもの御用提灯が、長い棒の先に灯されて立てられた。あたりが、にわかに明るくなった。

この明かりは、一段低い土手にいる男の体さえ照らし出しそうだった。

三笠屋の中から、男の怒声と女の悲鳴が上がった。ばたばたと荒い足音が響いてくる。

男は目を皿のようにして建物やその周囲を見回したが、金兵衛や弥蔵が姿を見せる気配はなかった。常盤橋御門の方角から、新手の捕り方の足音が近づいてきた。

「く、くそっ」

呻(うめ)き声が漏れたが、男にはどうすることもできなかった。

「もし、何かあったなら」

金兵衛の声が耳の奥から蘇(よみがえ)ってきた。昨夜の、打ち合わせのときのものである。

「おめえは何もするな。おれたちのことにはかまわず、舟で逃げるんだ。そしておれたちを捕らえた奴を、たとえ何年かかっても殺してやるのだ。生かしておいちゃならねえ。いいか、分かったか」

「分かったぜ。兄貴」

これは三人の誓いである。この中の誰か一人でも捕らえられたり殺されたりしたら、そのままにはしておかない。必ず仕返しをしてやる。そういうものだった。

三笠屋の戸が、内側から開いた。中から四十半ばの小柄な男が現れた。上背の割に、やけに胸板の厚い体だった。上を向いた低い鼻が、顔の真ん中でふてぶてしく居座っている。

「あいつはこのあたりの定町廻り(じょうまちまわり)同心豊岡(とよおか)の懐刀(ふところがたな)だ。湯島界隈(ゆしまかいわい)が縄張りだが、豊岡の町廻り区域ならばどこへでも顔を出す岡っ引きだ。面(つら)ぐらいは覚えておけ」

前にこのあたりを歩いたときに、すれ違って金兵衛から耳打ちされた。忘れはしない顔だった。

「一人は捕らえたぞ。もう一人も追い詰めている。他に賊(ぞく)がいないか、探れ」

そう命じると、岡っ引きは再び中に入っていった。

「よし」

残った者たちは、付近の物陰を探り始めた。徐々に男が潜んでいる船着場へ近づいてくる。もうそうなると、舟に乗り込んで逃げることも難しくなった。

「舟を使ったかもしれねえ。堀を探れ」

「合点(がってん)だ」

誰かが叫んだ。

闇に潜む男は、体の震えと必死で闘っていた。と、そのときである。

「賊の頭(かしら)を、捕らえたぞっ」

声が上がった。それであたりが一瞬静かになり、「わっ」と喊声がわいた。

河岸道にいた捕り方が、戸口の方へ駆け寄って行く。

「ちくしょう」

このとき土手に潜んでいた男は、隠してあった舟に飛び乗った。艫綱(ともづな)はいつでもはずせるようになっていた。

怒りで櫓を漕ぐ手に力が入った。船着場から、舟が滑り出た。

男の目から、涙が止めどなく溢(あふ)れ出てくる。それを袖(そで)で拭きながら、櫓を漕ぎ続けた。

「覚えていやがれ」

二

「今日も暑かったぜ。汗びっしょりだ。湯に浸(つ)かってさっぱりしねえと、とてもじゃねえがいられねえ」

「本当だ。湯から上がったら、冷(ひや)でいっぺえやろうじゃねえか」

人足ふうの男が二人、声高に喋(しゃべ)りながら着ていたものを壁に据え付けられた衣装戸棚に押し込んでゆく。二段の衣装戸棚の上は連子窓(れんじまど)になっていて、そこから傾き始めた西日が板の間に差し込んでいた。

強い日差しだ。

二人の客は、下帯を取ると手拭いを肩にかけ、前を隠しもしないで体を洗う流し板へ入ってゆく。

「馬じゃ馬じゃ」

と言って、肩を揺すって歩いた。気の弱そうな客が、体をどかせた。

流し板の奥には、天井から下がる形で開け閉てのできない板戸がある。この板戸の下から、白い湯気が上がっていた。この部分を石榴口と呼ぶ。

上部は破風造りの屋根の形で、両端の柱は黒の漆塗りである。前面の装飾用の戸には箔絵の鶴と亀が描かれている。この湯島切通町の湯屋『夢の湯』の内部で、もっとも華美な装飾が施してある場所だった。

客はこの石榴口を潜って、浴槽に入る。

「はい、いらっしゃい」

戸を開けて入って来た客に、番台に座った番頭の五平が声をかけた。面長で顎が突き出た六十一になる爺さんだ。髪が薄いので、髷をやっと結っている。まるで頭のてっぺんに、張り付いているように見える。

やって来た客は、年の頃二十三、四の若旦那ふうである。前の二人の人足ふうは来るとすぐに十文の入浴料を払ったが、こちらは払わなかった。そのまま板の間に入っていった。

これは番頭の五平が、入浴料をもらい忘れたわけではなかった。

若旦那ふうは、一ヶ月間通用する入浴切手を買っている客である。その度ごとに代を払う現金湯の客に対して、こうした客を留湯の客といった。いわばお馴染みさんである。

するとすぐに、女湯に母娘づれの客が現れた。母親は糠袋を借り、中に入れる糠を四文で買っていった。

番台に座る番頭の仕事は、多くの男客からすると垂涎の的となる。しかし当の五平にしてみると、なかなかに面倒な仕事だった。

入浴の代を受け取り、糠袋を貸したり中味の糠を売ったりするだけではない。通りすがりに入ってきた客には手拭いを貸し、あかぎれや擦り傷の膏薬を売る。この膏薬は、常に火鉢で炙って柔らかくしておかなくてはならない。糠も炙って、脂を採取する。これは水虫の薬になった。また爪切りや鋏、櫛を貸せという客もいる。話し好きな客が来ればその相手をし、その間には板の間稼ぎのコソ泥がいないか、男女の板の間を常に見張る。

「楽な役目じゃありませんよ」

と、ぼやくのも無理はない。

大曽根三樹之助は、上がり湯のある呼び出しという場所で、湯汲みをしていた。下帯一つで、手に大振りな柄杓を持っている。これで客の桶に上がり湯を汲んでやるのだ。

最後にかける上がり湯は、湯船にある湯とは違って清潔な湯である。そこへ湯垢や糠、毛の張り付いた桶をそのまま入れられてはたまらない。そうでなくても江戸は水が悪いから、きれいな湯は大事に使わなくてはならなかった。そこで湯汲み番という仕事が、湯屋の男衆の大事な役目の一つになった。

「どうですかい、三樹之助さん。ずいぶん慣れましたかい」

上がり湯をもらいにきた、隠居の爺さんに声をかけられた。ニコニコしている。半月ほど前に、この夢の湯へやって来たときから、何くれとなく声をかけてくれていた。

湯汲みは男湯だけでなく、女湯でも同じ仕事をしなくてはならない。まだ二十二歳の三樹之助にしてみれば、思いもよらない仕事だった。

「ずいぶんと男前の、湯汲みさんだねえ」

一糸纏わぬ女客が寄ってきた。

「早くしておくれよ。風邪を引いちまうじゃないか」

もたもたしていると、体を触られた。やって来るのは老婆や子どもだけではない。年増の女将や若女房、囲われ者や粋筋の女、嫁入り前の娘ももちろんやって来る。

女の裸など目にしたこともなかった身の上が、嫌でも毎日、へたをすれば一日中目のあたりにしなければならない破目に陥ったのである。

「まあ、何とか慣れましたよ」

三樹之助は隠居の爺さんに応える。

半月前までは、自分がこのようなことをしていようとは、考えもしなかった。三樹之助は家禄七百石の旗本で御納戸頭を務める、大曽根左近の次男坊である。学問は駄目だったが、剣術では本所亀沢町にある直心影流団野道場で免許皆伝を許された腕前であった。

師範代になるだろうという噂も、流れ始めた折も折である。屋敷にいるわけにはいかない事情があって、出奔した。

どうしようかと思案しているところで、事件に巻き込まれ、この夢の湯の主人で岡っ引きをしている源兵衛に連れられてこの湯屋へやって来た。事件は解決したが、帰る場所のない三樹之助は、そのままこの湯屋に居着くことになったのである。

「じゃあ、湯を汲むぞ」

隠居の桶に、きれいな上がり湯を汲んでやる。今ではひとたらしも、湯桶の外へこぼすことはなくなった。

「三樹之助さん。こっちもお願いしますよ」

女湯からも、声がかかった。

「うむ。今行くぞ」

ためらうことなく、呼び出しを潜って女湯に出る。舂米屋の若女房が、湯桶を差し出していた。この女房は、そろそろ臨月といった感じの妊婦である。大きな腹に、三樹之助はちらと目をやってから湯を汲んだ。

「替わりましょう」

米吉という十七歳になる男衆が、声をかけてきた。夢の湯には三樹之助を含めて、三名の男衆がいる。釜焚きと湯汲み、それに釜に燃やす古材木拾いを、それぞれが交替でやった。一番混雑する時間帯は、二人で湯汲みをする。

傍に八歳になるおナツと六歳の冬太郎の姉弟が立っていた。

「あのね、初物のおやつがあるよ。水菓子だよ」

冬太郎が、三樹之助の腰に手を回していった。脇腹に、頬を押し付けてくる。なかなかの甘ったれだ。

「ほう、何だ」

「六月の初物といったら、決まっているじゃないか。真桑瓜だよ」

おナツは、いつも少し生意気な口ぶりをする。お姉さんぶっているのだ。

「なるほど、それは楽しみだ」

「おっかさんがね、井戸に吊るして冷やしたんだよ。さあ、食べようよ」

姉弟は、三樹之助の仕事がひと段落するのを待っていたのだ。

「よしよし」

柄杓を米吉に手渡すと、おナツと冬太郎に片手ずつ取られて、石榴口の脇にある戸を潜って奥の部屋へ行く。そこは板の間と土間が半分半分になっていて、台所と食事をする場になっていた。

この部屋の隅には細い段梯子があって、そこを降りると釜焚き場に出る。耳を澄ますと、薪を燃やす釜の音が聞こえる。

子どもたちと、三樹之助は畳一畳ほどの飯台の前に座った。すると姉弟の母親お久が、剝いて食べやすく切った真桑瓜を丼に入れてどんと置いた。山盛りになっている。

どうぞとも言わないが、子どもたちは「わあ」と歓声を上げた。

お久は源兵衛の一人娘である。二十六歳で、三年前に亭主を亡くした。残された二人の子どもを連れて、実家である夢の湯へ出戻ってきた。

いつもつんけんしていて、怒っているように見える。鼻が低いのが玉に瑕(きず)だが、どこかに愛らしさがある。二人の子持ちにはとても見えない。

おナツは痩(や)せた浅黒い顔の子だが、目鼻立ちが整っていて賢そうなところは母親似だった。冬太郎は色白で、ふっくらと肥えている。気丈そうな姉と比べると、いかにも気弱そうだ。

「冷たくてうまいね。それに甘い」

冬太郎は両手で摑(つか)んで頰張(ほおば)った。おナツも三樹之助も手にとって口に運ぶ。

体を動かした後の、ひんやりと冷たい真桑瓜は、喉(のど)の奥をするりと滑り落ちてゆく。丼いっぱいの水菓子は、瞬(またた)く間になくなった。

「美味(おい)しかったね」

唇の端に種をつけて、冬太郎が言った。手も袖も、そして唇の周りも汁でべとべとになっていた。おナツが、濡れ手拭いで拭いてやる。

このときには、お久の姿はなくなっていた。主人の源兵衛は岡っ引き稼業で家にいないことが多いから、自然とお久が商いの采配を振ることになる。子どもと一緒に食事をする暇もないほど、毎日ばたばたして過ごしているのだ。

だから源兵衛は、外では強面の岡っ引きだが、家では出戻り娘に頭が上がらない。年中何か小言を食らっていた。苦虫を嚙み潰したような顔で聞いている。

お久と同様低い鼻で、説教をされるとその二つの穴がぷうと膨らむ。小柄だが胸板の厚い男だった。

「じいちゃんはどうしたんだ」

源兵衛の顔を見かけないので、三樹之助はおナツに聞いた。

「後二日すると土用だからね。桃湯になるんだよ。だからさ、桃の葉の手配にいったんだ」

桃湯は五月の菖蒲湯に続く六月の紋日である。湯屋の祝日といってもよい日だった。もっとも祝日とはいっても休日にはしない。湯屋が店を休むのは、火事が怖い強風の日だけである。

土用中の桃湯は、桃の青葉を入れた湯を焚く。汗疹を防ぎ、暑気払いを目的としたのだ。

「でもさ、さっき豊岡様が来ていたから、出かけて行ったんだと思うよ」

冬太郎が言った。豊岡というのは、名を文五郎といって南町奉行所の定町廻り同心である。源兵衛に岡っ引きの手札を渡している男だった。

「じゃあ、いつ帰ってくるか分からないね」

おナツが溜息を吐いた。母親がよく口にする言葉を、真似てみたのだ。

三

夜になっても、昼間の暑さが消えない。神田川の河岸道を歩いていても、川風はそよとも吹いてはこなかった。

提灯を掲げた猪牙舟が、水面を流れてゆく。その櫓の音と水音だけが、かろうじて涼を感じさせてくれるものだった。細い上弦の月が、水に映って揺れている。

暗がりの河岸道には、人気がない。新シ橋の常夜灯が向こうに見えるが、民家の明かりは対岸の内神田のあたりのものだけだった。

提灯を手にしたお花は、足早に歩いている。神田久右衛門町にあるのは竹や材木、薪や炭を商う店がほとんどで、通りはその置き場になっている。奥にある店はとっくに閉じてしまって、明かりは少しも漏れてきてはいなかった。

そろそろ五つ（午後八時）になろうかという刻限だ。

一刻半ほど前に、神田久右衛門町の薪炭屋秩父屋の若女房が赤子を産んだ。お花は、産婆をしている叔母お梅と出産に立ち会ったのである。

難産だったが、元気な男の赤子が生まれた。亭主の若旦那も、薪炭屋の主人夫婦もたいそう喜んだ。初めての子どもである。

片づけが済んだら、酒でも飲んでいってくれと勧められていた。お梅は好物だから呼ばれていくと言ったが、一滴も飲めないお花にしてみれば、そんな付き合いをさせられるのは迷惑なことだった。

「あんたは、さっさとお帰りよ」

そう言ってもらって、一人で湯島切通町の長屋へ帰るべく道を急いでいた。早く長屋へ帰ったところで待っている者などいないが、夜道は気味が悪い。

どこかから犬の遠吠えが聞こえて、お花の背筋が震えた。

お梅は、二年前に腹にできた痼りがもとで亡くなった母お里の妹である。早くに亭主を亡くし、産婆稼業で三人の男の子を育てた。

もともと一人娘だったお花は、母親を亡くして頼るべき人はお梅だけになった。父親はさらにその一年前に失っている。

「産婆ならば、どうなったって食うに困ることはないよ」

息子は三人いるが娘のない叔母は、姪のお花を不憫がり可愛がってくれた。産婆の見習いとして連れまわし、あれこれ仕込んでくれたのである。

「もう少しで、独り立ちができるよ」

二年の修業で、そう言われるまでになった。もちろん一人でどこまでできるか、からきし自信はない。しかしそう言われたのは嬉しかった。

三年半前の二十歳のとき、祝言の日取りまで決まった相手がいた。だが、ある事件がきっかけになって、向こうから破談を告げられた。信頼していた相手だから、失望は大きかった。

男なんて信じられない。

お花は生涯所帯など持たず、一人で生きていこうと覚悟を決めた。産婆の仕事を、一日でも早く身につけたいと考えたのである。頑なな娘だと、陰口をきかれていることなど気にもしなかった。

四年前、父親竹之助が番頭を務める両替商三笠屋が、二人組の賊に襲われた。押し込みを事前に察知した捕り方の手によって、二人は捕らえられた。頭が斬首、もう一人は島送りとなった。死傷者も出ず、一文の銭も奪われることはなかった。

事件はそれで解決したのだが、お花の不運はそこから始まった。

三笠屋は、人の銭金を扱う両替商である。その店が押し込みに付け入られる隙を作った。定町廻り同心や岡っ引きの迅速な行動があったから事なきを得たが、下手をすればとんでもない被害を受けるところだった。

店の運営に問題があるのではないか。

そういう噂が、近隣に広がった。三笠屋の商いは急速に衰えていった。その批判の矢面に立たされたのが、番頭の竹之助だった。

半年後には、父親は店をやめさせられ、祝言を約束していた相手からは破談を言い渡された。心労が重なった父親はさらに半年後に、亡くなってしまったのである。

新シ橋の方から、提灯が近づいてくる。

若い男の話し声が夜道に響いてきた。

お花は、足を速めた。早くしないと湯に入れない。お産の立ち会いで汗をたくさんかいた。

寝る前に一風呂浴びたいところである。けれども湯屋は、日が落ちてしまうと新たには湯を焚かない。火事が恐いので、お上が認めていなかった。ただ冷めるまでは暖簾を出しているので、ぬるいのさえ気にしなければ入ることができるのだ。

入るならば、長屋近くの慣れた夢の湯がよかった。暖簾を下ろしてしまう、ぎりぎりの刻限だった。

「おい、姉ちゃん。何をそんなに急いでいるんでえ」

目の前に、三人の男が立っていた。提灯に照らされた顔がニヤついていた。浴衣の着方や髷が堅気のものではない。懐に匕首を呑んでいるのが見えた。

やくざ者である。

お花は目を合わせないように気をつけながら、横をすり抜けるつもりだった。だがやくざ者は、素早く行く手を塞いだ。

「通してください」

尖った声になったのが、自分でも分かった。

「おう、気の強そうな女だぜ」

男たちは、ゲラゲラと笑った。肩を小突いた者もいた。

恐怖とおぞましさが背中から全身を駆け巡った。足が震えている。

「人を呼びますよ」

精一杯の声を、お花は出した。ここで本当に悲鳴を上げることができるかどうか、自分でも分からなかった。お梅の酒の席に付き合えばよかったとちらと思ったが、後の祭りだった。

「おう、呼んでもらおうじゃねえか。おもしれえぞ」

一人が顎を摑んだ。生ぬるい、べたっとした手だった。

「きゃっ」

お花は、弱い叫び声を上げた。後ろに回りこんでいた男が、尻を触ったからだった。

「怖がることはねえさ。おれたちが、おめえを楽しませてやるんだからな」

けっけと笑った。その卑しい響きに、虫唾が走った。

肩を摑まれ、一人にぐっと抱き寄せられた。強い力だった。相手は酔っていない。

「あっ」

お花の手から、提灯が飛んだ。ぼっと燃えて、火の塊になって地べたへ落ちた。

後ろの男が、襟首を摑んだ。ぐっと引かれて、息ができなくなった。こうなると、声も出せない。遠慮のない手が、胸と尻を這ってきた。

もう一つ灯っていた男たちの提灯は、いつの間にか消えている。地に落ちた提灯が燃え尽きると、あたりは闇に包まれた。空には細い上弦の月が懸かっているだけだ。

体がずるずると引きずられた。立てかけられた材木の間に連れ込もうとしている。

帯に手がかかった。そのときである。

「ぎゃっ」

という声が上がった。男たちの一人が、道端にすっ飛んでいた。初めは何が起こったのか、お花には分からなかった。ただ押さえつけられていた体が、急に楽になった。

「な、何だ。きさま」

やくざ者の一人が叫んだ。懐から匕首を抜いていた。もう一人の男も同様だった。

お花は、闇の中に目を凝らした。すると長い棒を振り上げた、黒い男の影が浮かび上がった。

「くたばれっ」

匕首が、黒い影に突きかけられた。争い馴れした素早い身ごなしで、お花は息を呑んだ。しかし相手の方が、動きは敏捷だった。長い棒がびゅうと飛んできて、やくざ者の小手を打ち付けていた。

「いててっ」

叫んでいるうちに長い棒は、もう一人の男の二の腕を襲っていた。ぼきっと、骨の折れる音があたりに響いた。

ほんの数呼吸する間の出来事である。

「さあ、逃げるんだ。他にも仲間がいるかもしれねえからな」

手を引かれた。それでお花は我に返った。三人のやくざ者は、地べたに倒れて呻いている。立ち向かってくる気配はなかった。

「はい」

手を引かれるままに、お花は走った。

着いた場所は船着場だった。小ぶりな荷舟が止められていた。

「乗りねえ」

そう言われて、乗り込んだ。ためらう気持ちは微塵もなかった。黒い影が持っていた長い棒は、櫂だった。

二人を乗せた舟が、すうっと船着場から離れた。

「怪我はなかったか」

低い声だった。返事をしようとして、お花は振り返った。提灯が一つ、船尾に灯っている。漕いでいる男の顔が見えた。

「あ、あなたは」

どこかで見た顔だとは思ったが、すぐには思い出せなかった。向こうも、こちらの顔をしげしげと見ていた。

そしてお互いに思い出した。

「夢の湯で……」

職人ふうのこの男が、銭湯に入って行ったり出てきたりする姿を何度か見たことがあった。鼻筋が通っていて、鋭さのある男だった。しかしどこかに陰気さと暗さが漂っていた。

纏っているにおいが、自分と似ていると感じたことがある。

住まいまでは分からないが、同じ切通町の住人だとは見当がついた。

「私は、六右衛門店に住まう、お花という者です。危ないところを、ありがとうございました」

すらすらと礼の言葉が出た。舟が動き出して、ほっとしたのだと自分でも分かった。怪我はどこにもないと付け足した。

「そうかい。じゃあ、よかった」

ぶっきらぼうな声が返ってきた。

闇の水面を、舟が進んで行く。巧みな櫓捌きだった。空の荷舟だったから、用を済ませた帰りなのだろうと、お花は勝手に考えた。それきり男は、何も言わなかった。

昌平橋の下で、舟は止まった。

「切通町まで、送ろう」

舟の艫綱を杭に舫いながら、男は言った。

「ありがとう」

そう言ってから、お花はまだ男の名を聞いていなかったことに気がついた。

「あの。お名は、何という……」

おずおずと尋ねた。危ないところを助けてもらった恩人の名を聞くのは当然だと考えたが、心の臓が少し熱くなった。

「捨吉ってえんだ」

もそりと、男は応えた。

四

真っ赤に燃え滾る釜の中に、三樹之助は新たな薪を放り込んだ。ごうという音がして火の粉が舞ったが、あたりに飛び散ることはなくなっていた。

初めてやったときは、爆ぜた火の粉で、体中に小さな火傷ができた。しかし今では、釜の中へ満遍なく薪を放り込むことができるようになった。

「上達したね、三樹之助さまは」

おナツや冬太郎がいれば、褒めてくれるところだ。

いつもは引っ付いて離れない姉弟だが、今日は母親のお久に連れられて出かけていった。どこへ行ったのかは知らないが、子どもたちは嬉しそうだった。そんなふうに出かけることは、めったにないからだ。

釜番をしながら、三樹之助は脇に置いておいた木刀を手に取った。古道具屋で求めてきたものである。

素振りと形稽古を行った。薪を数本投げ込んでは、これを続けた。

炎天の午後の、燃える釜の前での一人稽古である。少しやると、汗びっしょりになった。

三樹之助は直心影流団野道場で、免許皆伝を許された身の上である。しかし屋敷を出奔（しゅっぽん）してくる前に、他流試合を受け入れてしまったかどで、一月（ひとつき）の間道場への出入りを止められていた。

すでにその一月は過ぎているので稽古に通いたいところだったが、その逸（はや）る気持ちを一人稽古で抑えていた。深川六間堀町（ふかがわろっけんぼりちょう）に実家の大曽根屋敷がある。大身（たいしん）旗本家への婿入り話を蹴飛ばして、親に無断で屋敷を出てきてしまった。

　この一件がおさまるまで、道場へは行けない。婿入り話を蹴飛ばしたのには、自分なりの曲げられない理由（わけ）がある。だが親に断らずに逃げ出したのは事実だった。けじめをつけるために、自ら団野道場への出入りを禁じたのだ。

「えいっ、えいっ」

　道場への出入りはしていないが、だからといって学んだ剣術を捨てる気持ちはない。腕が落ちないように、日々時間を探して稽古に励んでいた。

　ただうっかりすると、素振りや形に夢中になって、薪を入れることを忘れてしまう。それをすると、お久から大目玉を食う。すでに二度やらかしていた。

　湯がぬるいと、客から苦情が出て知れたのである。

「精が出るな」

　素振りをしていると、後ろから声をかけられた。振り向くと兄の一学（いちがく）が立っていた。

「これはこれは」

　数日前に会ったばかりである。夢の湯には度々訪ねてきている。

　兄は剣術はからきし駄目だが、学問は優秀で一族の期待を集めていた。嫁も決まり、秋には祝言を挙げることになっている。

　長男だからといって威張ることもなく、次男坊の三樹之助の面倒をよく見てくれた。

武家では、長男と次男では扱いに雲泥の差があった。食事の中身や皿数までが違った。そんな中で到来物の菓子など貰うと、一学は三樹之助と同じに分けてくれた。物心ついたときから、それは変わらなかった。

水を被ったような汗を拭きながら、三樹之助は兄を招き入れた。もちろんそのとき、薪をくべるのを忘れてはいなかった。

「土産だぞ」

東両国の茶店で蒸している、饅頭を土産に持ってきてくれた。手に取ってみるとまだ温かかった。さっそく竹皮包みを解いて、一つ口に放り込んだ。

「うまいですね」

久しぶりの味だった。三樹之助は酒も甘いものも両方いける。兄弟で、積んだ薪の上に腰を下ろした。

「お父上やお母上は、私に腹を立てておいででしょうね」

まず気になっていることを聞いた。今回の入り婿話の運び方には不満と不審があったが、だからといって絶縁をしたいと思っているわけではなかった。

入り婿の相手先は、家禄二千石の大身旗本酒井家である。主の織部は役高三千石の御小普請支配を務めていた。徳川四天王の一人といわれた酒井忠勝を祖に持つ一家である。

　幕閣の中心に、多数の親類縁者がいた。

　そして相手の志保（しほ）という姫は、三樹之助より一つ年上だが、息を呑むほどの美貌（びぼう）の持ち主だった。肌の白さや目鼻立ち、艶（つや）のある豊かな黒髪、どれをとっても非の打ち所のない外見である。茶道を嗜（たしな）み、琴を弾（ひ）く。

　家禄七百石の中堅旗本である大曽根家からすれば、願ってもない縁談だ。両親はもちろん親類縁者はこぞって喜び、話を進めるようにと迫った。後ろ盾（うしろだて）のなかった大曽根家が、名門酒井家と繋がるのだ。

　だが何度か会った志保という姫の印象は、とんでもないものであった。

　家格の高さと家付き娘であることを笠に着た、高慢で身勝手な性格の持ち主だった。常に自分が正しく、非はすべて相手にあると考える、そういう類（たぐい）の人物である。おまけにお半（はん）という五十になる意地の悪い婆（ばあ）やがついていて、一つ一つのことに口出しをしてきた。

　志保はすでに一度祝言を挙げ婿取りをしていたが、離縁となっていた。子はない。婿はこの傲慢（ごうまん）な家付き娘と性格の悪い意地悪な婆やに、いびり出されたという話だった。

けれどもこの縁談を蹴って屋敷を飛び出したのは、それだけが理由ではなかった。三樹之助には、昨年暮れまで三歳年下の美乃里という許嫁があった。家禄二百石の袴田家の跡取り娘である。好いて好かれる仲だった。

入り婿という気持ちはなかった。掛け替えのない娘と祝言を挙げられる、そういう弾んだ気持ちだったが、美乃里は自害してしまった。

五千石の大身旗本小笠原監物の嫡男正親におもちゃにされた。精一杯の抵抗を試みたがしょせんは女の力だった。

美乃里は三樹之助に申し訳ないと、自らの命を絶つことを選んだのである。

袴田家も大曽根家も、一時はこの件を目付に訴えようとした。だが小笠原家の当主監物の役職は、御留守居役で万石級の大名の格だった。中堅旗本が太刀打ちできる相手ではなかった。

正親は非道な行いをしたが、自ら手にかけたのではない。あくまでも美乃里が自らの手で命を絶ったのである。

そのうち袴田家の当主は、三百俵高の日光奉行支配組頭という役を得て、赴任していった。百俵の加増だが、裏には小笠原家の企みがありありと見えた。

江戸から追い払ったのである。

しかし小笠原がしたのは、それだけではなかった。許嫁を奪われた三樹之助にも、餌をたらしてきた。それが酒井家への婿入り話だった。小笠原家と酒井家は親しい縁戚関係にあった。父左近は、それを承知の上で縁談を受け入れようとした。

自害した美乃里の心を思えば、この話を受け入れることは三樹之助にはできなかった。それでは美乃里の無念は晴れない。

また大家におもねる父の弱腰も、不満だった。三樹之助はそれで屋敷を出た。いつか小笠原正親には、己がしたことの償いをさせてやるぞと考えている。

「父上も母上も、達者にしておられる。その方がどうしているか案じておられた」

三樹之助が夢の湯にいることを知っているのは、一学だけである。口外しないという約束を破る兄ではなかった。

「酒井家も、何も言ってこんな。破談にするとも、話を進めるとも言ってこない。まあ我が家には、好都合だが」

志保は三樹之助が夢の湯にいることを知っている。お半を伴って、湯に入りにさえ来たのである。

何を考えてのことかは、見当もつかない。お陰で夢の湯は騒ぎになり、お久などは腹を立て、数日口を利いてもらえなかった。

下々の者と同じ湯には入れないと嘯いたかと思えば、入って気持ちよかったと言う。また来るとも告げたようだ。

それを思うと、頭が痛くなってくる。

志保とお半は夢の湯のことを、酒井家の者には漏らしていない。もし話していれば、酒井織部から父の左近まで、すぐに伝わるはずである。

女心の奇怪さは、三樹之助にとっては理解できないことばかりだった。

「兄上の祝言の支度は、整っているのですか」

「うむ、まああだ」

まんざらではない顔をした。縁談が起こったとき、初めは不服な様子だった一学だが、何度か顔を合わせているうちに相手の娘を気に入ってきた。

「女は、関わってみなくては性根が分からぬ」

と、分かったようなことを言うのが、口癖になった。

母のかつは、三樹之助の縁談には一言も触れず、一学の祝言の支度で忙しがっているという。そんな話をしているところで、お久がおナツと冬太郎を連れて帰ってきた。

「あっ、三樹之助さまの兄上が見えている」

姉弟は、一学とは初対面ではない。

「饅頭があるぞ」

そう言ってやると、「わあっ」と声を上げて喜んだ。

お久は、背に体よりも大きな籠を担っていた。中には細長い緑の葉が入っていた。

「明日の、桃湯に入れるんだよ」

冬太郎が、一学に説明した。お久は子どもたちを連れて、桃の葉を仕入れてきたのである。源兵衛は朝から出かけたきりだった。

「桃はね、魔除けの力があるんだって。じいちゃんが言っていた」

そう説明したのは、おナツである。

桃の葉には、消炎解熱に有効な成分が含まれている上に、収斂の作用がある。日焼けや汗疹、湿疹や虫刺されに効能があった。暑気払いのためだけではなかった。

「これはようこそ、どうぞごゆっくり」

お久は三樹之助には一瞥もくれなかったが、一学には笑みを浮かべて挨拶をした。

五

炎天の空に、高い鳥居が聳えていた。てっぺんにとまった小鳥が、米粒のように見える。

深川永代寺門前の馬場通りは、正午前の強い日差しの中でも人通りは多かった。人の往来だけでなく、荷車や駕籠の行き来も少なくなかった。

「冷っこい、冷っこい」

水売りが、声を上げて歩いてゆく。うだるような暑さだから、天秤にぶら下げられた桶の水も冷っこいはずはないのだが、それでも四文を出して求める者は少なくなかった。

広い通りのはるか向こうを見ると、地べたが揺れて陽炎が立っていた。降るような蝉の音に包まれている。

白煙をあげて、鰻の蒲焼を商っている店があった。そろそろ昼飯時で、賑わい始めていた。そのにおいが、通りにも流れ出ていた。

今日は土用の入りである。猛暑で食欲も減退してくる頃だが、精をつけようという男女の客が暖簾を潜っていった。蒲焼の値はなかなかに高額だが、今日は特別なのかもしれなかった。

この鰻屋の暖簾を払って、初老の隠居ふうの夫婦が店を出てきた。「ありがとうございました」という声が、店の中で響いている。早めの昼飯を済ませて、家に帰ろうかといった風情（ふぜい）である。どちらも夏物の絽羽織（ろばおり）を身につけており、それなりの身代（しんだい）を持った者と思われた。

この夫婦の横を、三十歳見当の町人とそれよりは四、五歳年上とおぼしい浪人者が歩いてすれ違った。何事もないかに見えたが、浪人者は振り向いた。

「その方ら、待て」

低いが塩辛声（しおからごえ）の、粗雑な口ぶりだった。顔に表情はないが、目だけは相手を睨（にら）みすえていた。

「な、何でございましょうか」

振り向いた老夫婦は、明らかに驚いていた。しかしそれを抑えて、亭主のほうが微かな作り笑いを浮かべて答えた。

「何ではない。その方、いますれ違いざまにわしの腰のものに体が触れたであろう。にもかかわらず、挨拶もせずに行こうというのか」

浪人者とはいっても、粗末な身なりではなかった。だが髪が縮れ赤く日焼けした顔は、いかにも荒（すさ）んで見えた。刀は落とし差しで、柄（つか）に肘（ひじ）を置いていた。

はなから相手を舐（な）めた態度である。

「そうかい、そりゃあいけねえな。お武家様にたいして、無礼なことだ」

横にいた男も、話に加わってきた。職人ふうの身なりだが、着物の着方や髪形などがどこか崩れていて、堅気の者には見えなかった。

頬骨(ほおぼね)の出たいかつい顔だが、鼻筋は通っている。顎に一寸五分（約四・五センチ）ほどの刀傷があった。この男も、顔は日に焼けて赤銅色(しゃくどういろ)をしていた。

「これはこれは、ご無礼いたしました。このとおり、お詫びいたします」

隠居ふうの亭主は、頭を下げた。覚えのないことだったが、手早い始末をつけようとしたのである。

「詫びだと。頭を下げただけで、終わりにしようというのか」

浪人者は、口元に嗤(わら)いを浮かべていた。

「そ、そういうわけでは」

亭主は、相手が強請(ゆすり)を働こうとしていることをここで察知した。女房は、恐怖で言葉も出ない。

「では、どうするというのだ」

「は、はい。気づきませぬことで」

浪人者に促された亭主は、懐から財布を取り出した。膨(ふく)らんでいてずっしりと重そうだった。

これを見た浪人者の目が光った。

亭主は財布から、五匁銀(ごもんめぎん)を一つ取り出した。

「これで何ぞ、お召し上がりいただき、ご気分を直してくださいませ」

二人で飲み食いするには、充分な額だった。浪人らはこれで引き下がると考えたのである。

「その方、わしらが強請(ゆすり)だとでも考えたのか。無礼だぞ」

声の調子が高くなっていた。怒気を籠(こも)らせている。

「そ、そのようなわけではございません」

「では、どういうわけなのだ」

このやり取りを、通りがかりの者たちは遠巻きにして見ていた。誰もが言いがかりだと気づいているが、口出しができないのである。

そこへ四人の人足といった風体(ふうてい)の、体格のいい若い衆が通りかかり、隠居ふうと浪人者のやり取りを目に留めた。四人はすぐに事情を察したらしかった。

目と目を見合わせて、このやり取りに近づいていった。目に余るやり取りである。

そのままにはできないと感じたのかもしれない。

何しろ屈強な若い男の四人組である。

「もう、それくらいでいいんじゃねえですかい。旦那」

一番年嵩の男が、声をかけた。自信に満ちた物腰だ。隠居ふうの亭主の目に、ほっとした色が浮かんだ。

四人の人足ふうは、浪人者を囲む形で立っている。

「蠅のようにうるせえ奴らだな」

浪人者は、刀の柄に肘を載せたまま、いかにも煩わしいという顔で四人に目をやった。顎に刀傷のある男は、その傷に指先を触れさせながら様子を見ていた。

慌ててはいないし、驚いてもいなかった。

「もう、放してやってくれと言っているんでさあ。謝っているんですから」

「差し出口をするな。その方ら、怪我をするぞ」

「何だと」

浪人でも侍だから、人足たちのもの言いに腹を立てたようである。だがそのとき、浪人者が一歩前に出た。

「愚か者めっ」

刀が抜かれ、柄の先が年嵩の男の鳩尾に入った。

「うっ」

呻き声が漏れ、男は地べたに膝(ひざ)をついた。

「な、何しやがる」

他の男たちは色めき立ったが、そのとき抜かれた刀が空(くう)を舞った。肉を打つ鈍い音が三つ鳴った。ばたばたと男たちが倒れた。

「ひっ」

悲鳴を上げたのは、隠居の亭主である。女房は身を固くしたままだ。

「なに案ずるな。すべて峰打ちだ」

刀を鞘に納めて、浪人は言った。顎傷の男は、何もなかった顔で、大鳥居のてっぺんに目をやっていた。

「さてそこでだ、親仁(おやじ)」

「は、はい」

隠居の亭主は、もうすっかり浪人に呑まれてしまっていた。頷(うなず)くことしかできない。野次馬(やじうま)も、怯(おび)えた眼差しで遠くから眺めているだけだった。

「財布を出してもらおう。無理にとは言わぬがな。どうだ」

「分かりました」

震える指で差し出した。浪人者は、中から五匁銀を一つ取り出し、それを亭主に渡した。

「これで、駕籠でも雇えばいい。かみさんの顔色がひどく悪いからな。残りは、その方の志（こころざし）として受け取る。何か文句はあるか」

顔を近づけた。亭主には、夜叉（やしゃ）の形相（ぎょうそう）に見えた。

「ご、ございません」

ずっしりと重い財布を、浪人者は懐にねじ込んだ。

「ゆくぜ」

そう言ったのは、顎に傷のある男だった。

野次馬たちは、弾かれたように道をあけた。まともに目を合わせられる者はいない。

残された隠居ふうの夫婦は、炎天の下、ただ立ち尽くしているだけだった。

六

湯桶の音が、女湯からこだましていた。入っているのは、一人だけである。

午前中は、男湯へそれなりの客がやって来る。吉原（よしわら）や岡場所などからの朝帰りや、隠居、芸人、働く気のない若旦那などと、決まった者たちだ。だが女湯はいつも昼過ぎまでほとんど客はやってこない。

「女はさ、洗濯や掃除なんかで、忙しいんだよ」

三樹之助が問いかけると、おナツはしたり顔で答えた。

今日から土用の入りで、桃湯である。元日の朝湯や端午の節句、冬至のゆず湯など、湯屋の紋日はほぼ月に一度あった。

この日の客は入浴料の他に、十二銅といって、銭十二文を紙に包んだお捻りを持って来ることになっていた。番台の棚の上に大振りな三方が置いてあって、これに載せてゆく。

昼を過ぎ、八つ（午後二時）になるころには、こぼれるほど一杯になっていた。いわばこれは、客からのご祝儀といえた。この金は湯屋の経営者のものになるのではなく、奉公人で分けるのが通例だった。だから番頭の五平を始め、湯屋に働く者はこの日を指折り数えて待っていた。

主人は源兵衛で、お久も一応は奉公人となる。だから朝から、そこそこ機嫌がよかった。珍しいことである。

女湯の上がり湯を汲んでやってくれと、三樹之助は五平から声をかけられた。呼び出しから女湯へ行くと、いたのは定町廻り同心の豊岡文五郎だった。長身痩軀に見えるが、近くで見ると骨太で筋肉もついていた。中西一刀流の遣い手だと聞いている。

女湯にも刀掛けがあった。それは午前中の客がいないときに、回ってきた定町廻り同心が利用するからである。

男湯に入ってもよさそうなものだが、これは男湯でする町の噂や忌憚のない評判を聞くためだと五平は言っていた。だが真偽のほどは分からない。広い湯船でのんびり浸かりたいだけかもしれないと、三樹之助は思ったりする。

上がり湯を汲んでやると、豊岡はざぶりと体にかけて、手拭いで拭いた。手早く着物を身につけ始める。

「ご苦労様です」

そこへ源兵衛がやって来た。二人は小声で何か話し合ったが、黒羽織を着終わったときには、用事は済んでいた。刀掛けにあった刀を取って腰に差すと、豊岡は湯屋を出て行った。

午前中手習いに行っていたおナツと冬太郎が戻ってくる。姉弟はどこかへ遊びに行くことはなく、三樹之助が仕事をしている傍でじゃれ合っていた。

手習いから帰ってきた子どもたちが板の間を走り回り、五平が注意をする。老婆が奉公人に介添えをされて湯に入ったり、若女房がやって来たりする。粋筋の女が、化粧の前に湯に入りに来たりもして、女湯も少し賑やかになる。赤子の泣き声が聞こえることもある。

桃湯だから、客足はいつもより若干早かった。

「たいへんだよ」

男湯で湯汲みをしている三樹之助のところに、顔色を変えたおナツがやって来た。どたどたと、冬太郎もついてくる。

「どうしたんだ」

客に湯を汲んでやりながら応じた。

「あの人たちが、来たんだよ」

「えっ」

そう聞いただけで、誰が来たのか三樹之助には分かった。志保とお半に違いなかった。

これまで二度ほど湯に浸かりに来ているが、いずれも三樹之助が釜番をしていたり、材木拾いに出ていたりするときだった。顔を合わせることはなかったのである。

「ねえ、どうするの」

おナツの目は、好奇心に満ち満ちていた。案じてもいるが、どういう展開になるのか心浮き立ってもいるのである。

「さあさあ、下々の桃湯を味わってみましょう。湯が汚れてしまわないうちに」

お半の声が聞こえた。それまであった女湯からの話し声が、それでぴたりとなくなった。無礼な言葉で、板の間にいた者たちの顰蹙を買ったのである。しかしそれを気にするお半ではなかった。

「姫様のお召し物は、そのへんのものとは違いますからね、番頭殿。しっかり見張っていてくださらねばなりませぬぞ」

五平にも命じている。当然のことといった口ぶりだ。衣擦れの音が聞こえている。

志保は何も言わないが、衣服を脱いでいるところだと推量できた。

「あんた、黙っていりゃあいい気になって、なんだいその言いぐさは。あたしらが何かを盗るとでもいうのかい」

「そうだよ。いったい何様だと思っているんだい。裸になれば、みんな同じじゃないか」

とうとう堪忍袋の緒が切れたらしい、芸者をしているお民という伝法な女が声をあげると、囲われ者のおサダという女も賛同の声をあげた。他にも生意気だとか、偉そうにするなとか、声が上がっている。

「こりゃあ、おもしれえや」

男客の中には、聞き耳を立てて面白がる者もあった。

三樹之助も耳をそばだてていたが、こちらはどうなることかと体を強張(こわば)らせた。飛び出して双方をなだめることもしにくかった。

志保もお半も、すでに素裸になっているはずだった。

おナツが目を丸くしている。恐る恐る呼び出しから女湯を覗いた。

「なにをつまらぬことをお言いか。着物の布を、目を見開いて見るがよい。極上の品じゃ。間違えがあってはならぬゆえに申したのじゃ」

お半も負けてはいない。

「何だって」

お民が動いた気配があった。覗き見していたおナツが、三樹之助の足に触れた。

「桶を振り上げたよ」

いよいよ出なくてはならないかと覚悟を決めたとき、鋭い声があがった。

「もう、それくらいでおやめ。せっかくの桃湯が、気持ちよく入れぬではないか」

凛(りん)と響く志保の声だった。

それで人が動く気配が止まった。

「振り上げたお民さんの桶に、湯を汲んで上げなよ」

そう言ったのは、おナツだった。

「よし」

覚悟を決めて、三樹之助は呼び出しを潜って女湯へ入った。誰の体も見なかった。というよりも見られなかった。いくつかある裸の中に、志保のものがあると考えただけで、体が強張りそうになった。

「さあ、上がり湯を汲むぞ」

そう言って浄湯の入った湯桶から、柄杓で上がり湯を汲んだ。それをお民の湯桶に入れてやろうとする。

そのとき二人の女が、横を抜けて石榴口の中へ走り込んでいった。志保とお半かと思われたが、三樹之助には確かめる勇気はなかった。

「ああ、お願いするよ」

振り上げてしまった桶を、お民は差し出した。お半の物言いもひどかったが、桶を振り上げた自分も、大人気ないと感じたのかもしれなかった。

「なんだよ、あいつら」

それでも、まだ怒りは収まらないようだ。

「ほっときゃあいいんですよ。お旗本だっていうことで、お高くとまっているだけなんですから」

そう言って三樹之助から、柄杓を取り上げた者がいた。お久だった。女湯での湯汲みを、替わってくれるということらしかった。

「すまぬな」

いつもの不機嫌さをそのままに出したお久は、ちらりとさえ三樹之助を見なかった。しかし救われた気がしたのは確かだった。

このままでいたら、志保とお半の上がり湯を汲んでやらなければならないはめに陥る。とんでもないことだと、三樹之助は頭を振った。

「どうにかなったね」

男湯に戻ると、おナツが慰めてくれた。

お民が振り上げた桶に、上がり湯を汲んでやれと言った。一度振り上げてしまうと、なかなか下ろしにくい。機転の利く子だと感心した。

七

志保とお半が帰ったあたりから、男湯も女湯も混雑し始めた。

紋日は平常の日よりも、二割がた客が増える。

十二文のお捻りを出さなくてはならないから、余分な出費になるわけだが、これを惜しむ客は少ない。この日の湯に入らないと、あいつはケチだと言われる。田舎者めと、陰口を叩かれるのも悔しいので、他の日は行かなくても紋日には湯屋へ行く者が多かった。

意地である。

客が多いときは、湯を熱めにする。熱ければ、そう長くは浸かっていられない。客の回転が速くなるのだ。

一刻に一回ずつ、桃の葉をたしてゆく。

くたくたになると、においがなくなる。

暮れ六つ（午後六時）の鐘が鳴って、釜の火を落とす。だがしばらくは湯が温かい。

真夏の夜である。少々ぬるくなっても、客はやって来た。

　番台にある三方に載ったお捻りは、何度も山盛りになった。そのたびに五平は、膝に置いた袋に入れていった。ただ空にはしない。半分くらいは載せておく。そうでないと、出さない客が現れるからだ。

　おナツと冬太郎が、脱いだ着物を入れる籠を片付け始める。湯屋の幟を片付け、暖簾を内側に入れてしまえば、今いる客が帰るのを待つだけだった。

　最後の客が帰ったら、流し板に残った湯垢やこびりついた糠を、皆でこすり落とす。それで湯屋の一日が終わる。湯垢や糠を一晩そのままにしておくと、取るのが面倒だ。面倒なことは、誰もしたくないのである。

「ねえ、どうしたの」

　女湯の板の間で、裸で蹲っている客がいた。気になっていたおナツが声をかけた。

「ねえ、だいじょうぶ」

　冬太郎が、駆け寄った。

　冬太郎はおっとりとしているが、気立ては優しい。背中に手をかけた。

「ううっ」

　客は歪んだ額に脂汗を浮かべていた。春米屋の若女房である。臨月の腹を両手で押さえていた。

「おっかさん」

おナツは、お久を呼んだ。まだ八歳でも、異変を感じ取ることはできる。残っていた他の客たちも寄ってきた。

「陣痛が、始まっちまったんじゃないかい」

青物屋の女房が言った。他の者も頷いている。

「動くことが、できますか」

駆けつけたお久は、妊婦の耳に口を近づけて問いかけた。

「で、できないよ」

顔を顰めて、春米屋の女房はかろうじて応えた。呻き声が、すこしずつ大きくなっている。

「産婆は、誰だい」

「湯島棟梁屋敷のおうたさん」

かろうじて返事があった。

「誰かひとっ走り行って、呼んできてくれないかい」

お久は男湯へ顔を出して声をかけた。

「よし。あっしが行ってこようじゃねえか」

二十七、八の男が声を上げた。常連客の捨吉という男だった。荷船の船頭をしていると聞いたことがあった。

足音を荒らげて駆けて行った。

「大丈夫だよ、すぐにやって来るからね」

客の一人が慰めた。

お久は敷布団を運んできた。妊婦を寝かしつけている。

しばらくして、捨吉は息を切らせて戻ってきた。顔が蒼ざめていた。

「おうたさんは留守だぜ。お産の立ち会いで本郷に行ったってことでよ」

「じゃあ、どうしたらいいでしょう」

五平がおろおろした声でいった。どうしたらよいか、見当もつかないのだ。

「あの、あたしでもいいでしょうか」

残っていた客の一人が言った。二十三、四の常連の客だった。産婆の見習いをしている、お花という女だった。

「やってくれるんですか」

お久が、険しい顔で尋ねた。妊婦の股ぐらからは、羊水が染み出てき始めていた。

時間の余裕はなさそうだった。

「できるだけのことは、してみます」

お花は、覚悟を決めた目で頷いた。

「じゃあ、やってもらいましょう」

お久は頭を下げた。妊婦を動かすことはできない。女湯の板の間に、産褥がしつらえられた。

「湯なら、たっぷりあるからね」

さめかけた上がり湯は、沸かしなおしをする。これは三樹之助の役目となった。

「済みませんね。これからがたいへんですから、引き取っていただけますか」

客たちには帰ってもらうように頼んだ。親切ではあっても、脇にいられたならば迷惑なだけである。

「はいはい、そうしましょう」

客たちもよく分かっていた。さっさと引き上げていった。船頭の捨吉は、舂米屋をしている妊婦の亭主を呼びに行った。

板の間はそれでがらんとなった。源兵衛が、天井の梁から頑丈な紐を吊るした。苦しむ妊婦が陣痛の中でしがみつくものだという。

「さあ。男衆はここから出て行ってくださいな」

源兵衛にしても五平にしても、うろうろするだけで邪魔である。女湯板の間の仮ごしらえの産褥にはお花とお久、それに女中のお楽の三人だけが残った。

三樹之助は、竈で湯を沸かし始める。

「よっこらしょ。はいよ」

おナツと冬太郎が、薪を運んできた。二人とも、いつになく真剣な顔をしていた。

「赤ん坊が、生まれるんだね」

「そうだ」

「おヨネさんは、苦しそうだね」

冬太郎は、耳に口を近づけて言っている。大きな声を出してはいけないと感じている様子だ。息で耳がくすぐったい。

妊婦の名は、おヨネというようだ。板の間は姉弟の遊び場でもあるから、客の名もいつの間にか覚えてしまうのだろう。

しんとしている夢の湯に、おヨネの呻き声だけが響く。

「赤ん坊を産むっていうのは、あんなに辛くて痛いのかな」

そう聞いてきたのは、おナツだ。じっとおヨネの声に、耳を傾けている。

「大人の人が、あんな声を出すなんて、知らなかった」

思い詰めた顔で、付け足した。

「うむ。それは一人の人間を、世の中に産み出すのだからな。お前たちのおっかさんだって、ああいう苦しい思いをして、二人を産んだんだ」

「ふうーん」

竈の炎が赤く燃え、小さくぱちぱちと爆ぜている。おナツの顔が、火照っていた。おナツはしゃがんだ三樹之助の左の肩に手を載せ、冬太郎は右の二の腕に頬を寄せていた。手は背中に回されている。どちらもぴったりくっついて離れない。

大鍋の湯が、沸騰し始めた。

ばたばたと足音がして、二十代半ば過ぎの体の大きな男が、男湯の板場に入ってきた。息を切らせている。捨吉が呼んできたおヨネの亭主亀七だった。

配達に出ていたのを、捨吉が捜して連れてきたのである。

「まさか今夜になるとは、思いもしませんでした」

産婆からは、もう三、四日後だろうと言われていた。そういう気持ちがあったから、おヨネも夢の湯へやって来た。暑気払いの桃湯に浸かりたかったのだ。

釜焚きの為造と米吉は、男湯の掃除をしている。女湯の方は、手をつけてはいなかった。

「はい、息を吸って。ゆっくり」

お花の声が、衣擦れの音と共に聞こえる。何かをしながら、指図をしているのである。声ははっきりとしていて力強かった。おヨネはその言葉に従って、必死で自分の息遣いを整えていた。

「しっかりおし。もうじきだよ」

お久が励ましている。

おヨネもお久も、お花の指図に従っているようだ。見習いだと言っていたが、そんな気配はまるでなかった。

普段は言葉少なで、暗い印象がある女だった。しかしここでのもの言いを聞いていると、頼りになる気がした。ここにお花がいなかったら、どうなったのだろうかと空恐ろしかった。

芯のある、なかなかに気丈な女なのだと、三樹之助は感じた。

どれくらいのときがたったのか見当もつかない。

亭主の亀七は、板の間をうろうろ歩いていた。女湯へ飛び込んで行きたいのだが、それはできないので、ただ苛々そわそわしているのである。

五平は待っている者たちに茶を淹れたが、落ち着かないらしく立ったり座ったりしていた。この男には子どもはない。古女房と近くのしもた屋を借りて、夢の湯へ通っていた。

亀七を連れてきた捨吉も、帰り損ねたのか男湯の板の間に残っている。膝を両手に抱えて、座り込んでいた。じっとして動かなかった。

源兵衛も胡坐をかいて座っていた。腕を組んで目をつぶっている。寝ているようにも見えるが、そうではなかった。

おヨネの呻き声が、さらに大きくなった。息遣いが荒い。

「ほら、頭が見えてきましたよ」

お花のそんな声が聞こえた。

湯を沸かし終えた三樹之助も板の間に腰をおろしている。その両横にいた姉弟の体が、びくりとした。握っている汗ばんだ冬太郎の手に、力が入った。息苦しそうだが、声は出さない。

ごくりと唾を呑み込む音を立てた。

「大丈夫だよね。元気な赤ん坊が、ちゃんと生まれるよね」

「あたりまえだ。こんなに大勢の者が、待っているのだからな」

「そうだね」

おナツは目に、涙の膜を拵えていた。体を強く押し付けている。

そのときである。おヨネのひときわ大きな叫びが、女湯から聞こえてきた。そして少しして、「オギャア」という激しい赤子の声が響いた。

元気な、聞いている者の体に染み込んでくる泣き声である。ただ待つことしかできなかった男たちが、無言で顔を見合わせた。

「生まれたね。生まれた生まれた」

冬太郎が叫んだ。立ち上がっている。

「うん。生まれた」

おナツも立ち上がった。

「よかったよかった」

二人は手を広げたり閉じたりして、踊り始めた。板の間をぐるぐる回っている。

「生まれた生まれた」

元気な赤子の声は、泣き止まない。

「男の子だよ」

お久の声が聞こえた。

「わあっ、男だ男だ」

冬太郎が叫んでいる。踊りがますます激しくなった。すると五平がそこに加わった。

両手を広げて同じように動き始めた。

それを見て、三樹之助もじっとしてはいられない気持ちになった。一緒になって踊った。

「生まれた生まれた。男だ男だ」

目を閉じていた源兵衛が、膝を抱えている捨吉に向き直った。

「あんたには、世話になったな。だが無事に生まれたようだぜ」

「へ、へい」

捨吉は驚いた顔をしたが、すぐに何度も頷き返した。

八

上弦の月が、人気のない武家屋敷の道を照らしている。日本橋（にほんばし）の町並みから、楓川（もみじがわ）に架かる越中殿橋（えっちゅうどのばし）を渡ると、あたりは急に暗くなった。

大名屋敷の海鼠塀（なまこべい）が、長く続いていた。

そろそろ町木戸の閉まる四つ（午後十時）になろうとしている。だが風はそよとも吹かず、昼間の暑さがしぶとく居座ったままだった。定町廻り同心の豊岡文五郎は、手先の九兵衛（きゅうべえ）という老人を一人連れて歩いていた。

提灯は前を行く九兵衛が持っていた。

奉行所を出たときから、あれこれと思案をしていた。

松平（まつだいら）越中守の屋敷を越えれば、八丁堀（はっちょうぼり）の町並みとなる。蒸し暑い土用の入りに、こんな刻限まで用事があった。面倒な出来事が起こっていて、その対応のために遅くなったのである。ただ適切な手立ては浮かんでいない。その点が、気がかりになっていた。

昼前に湯島の夢の湯で、桃湯に浸かった。そのときは気持ちよかったが、奉行所に戻ってから、とんでもない話を聞かされた。

島送りにした罪人が二人、舟を奪い抜け出したというのである。

八丈島（はちじょうじま）は荒海の中にあった。何人も乗せる帆船を使っても、順調にいって四日から五日はかかる航程だ。風の吹き具合によっては、さらに日にちがかかることになるはずだった。

舟を奪うことはできても、多くの者がこれまで島抜けを試みて命を失ってきた。

ところがこの罪人は奪った小舟一艘を頼りにして、伊豆下田の漁村まで辿り着いた。そして漁師を殺傷し金を奪った。どうやら江戸までやって来たらしいとの話が、飛び込んできていたのである。

正午になろうという頃、深川の馬場通りで、履物屋の五郎兵衛なる夫婦者が、二人組のならず者に因縁をつけられ財布を強請り取られた。財布には八両に近い金が入っていた。

浪人者と遊び人風の三十代の男だった。

このとき強請に気づき止めに入った四人の材木運びの人足がいたが、瞬く間に打ちのめされてしまった。何人もの野次馬がいたが、声も出せず二人のならず者が去って行くのを見送るしかなかった。

履物屋の夫婦も四人の人足たちも、そして見ていた者たちも、馬場通り界隈では初めて見る顔だと証言した。

年頃や人相を聞き集めると、八丈を島抜けした二人とよく似ていた。江戸に現れたのではないかと考えたのは、そのためである。

事件後、さらに深川の馬場通りの町々で聞き込みをさせたが、該当する男について見かけたことがあると話した者はいなかった。ひょっこりと現れ、重い財布を奪って消えたのである。

野良犬がどこかで喧嘩をしている。その唸り声が聞こえた。それ以外には、虫の音が聞こえるばかりだ。

「暑いな」

溢れ出てくる汗を、手拭いでこすりながら歩いてゆく。

「へい」

提灯を持つ九兵衛は、もう二十年来仕事をさせている配下だった。

「待て」

大名屋敷の角までやって来たとき、豊岡は九兵衛に声をかけた。曲がろうとする先に、強烈な殺気を感じたからである。顎で、後ろに回るように命じた。

頷いた九兵衛が動こうとしたとき、人影が現れた。

「うわあっ」

闇を劈く刃鳴りの音。すぐに肉と骨を裁つ鈍い音が響いた。

提灯を持った九兵衛の体が硬直し、痙攣しながら前のめりに倒れた。肩から背中がばっさりと裁ち割られている。提灯は燃えながら落ちた。

「おのれっ」

豊岡はこの間に刀を抜いている。だが一撃から、九兵衛を救うことはできなかった。身構えながら、闇の中にいる敵を見詰めた。浪人者の身なりで、血刀をすでに正眼に構えていた。着物や袴をだらしなく身につけていたが、構えや動きには一分の隙もなかった。息遣いの乱れもなく、たった今人を斬殺した、その興奮を伝えるものは何もなかった。

血刀だけである。

死体を間に挟んで対峙(たいじ)した。

豊岡は中西一刀流の免許取りだが、容易に踏み込むことができなかった。相手は数々の実戦を踏んだ荒々しさと酷薄(こくはく)さが、全身から滲(にじ)み出ていた。

九兵衛を、一撃のもとに殺されてしまった憤怒(ふんぬ)が豊岡の胸中にある。だがそれに任せて、心を乱してはならないと己に言い聞かせた。

「何者だ」

注意深く、相手に問いかけた。芥子粒(けしつぶ)ほども油断があってはならない。

「おめえの命をいただきに来たまでよ」

月明かりに浮かぶ顔には、見覚えがなかった。

「なぜおれを狙う」

「それはよ、もう一人に聞いてもらおうか」

ちらと目を脇にやった。土手の柳の陰から、遊び人ふうの身なりをした男が現れた。手には抜き身の匕首が握られている。

その男は、匕首の柄を顔に近づけた。伸ばした指先で、顎にある刀傷に触れた。

豊岡はその傷を見て声を漏らした。

「その方は……」

傷をつけたのは自分だということが、すぐに思い出されたのである。

「くたばれっ」

浪人者の一撃が襲ってきた。豊岡の動揺を、隙と見たのである。九兵衛の死骸を飛び越えていた。

豊岡はその動きを、目の隅に入れていた。ためらうことなく前に出て、相手の剣を撥(は)ね上げた。火花と金属音が消えないうちに、さらに二の太刀が襲ってくる。

今度は横からの疾風(しっぷう)さながらの剣だった。これには体を脇に飛ばした。飛ばしながら小手を狙ったが、それはかわされた。

間合いが詰まっている。次の剣の動きが見えた。斜め上からの、肩先を襲う流れだった。

「とうっ」

体ごとぶつかるつもりで、豊岡は刀を前に突き出した。そのまま進めば、相手の心の臓に突き刺さる。こちらも無傷ではすまないが、向こうの方が命を失う可能性は大きかった。

流れが変わった。敵はこの捨て身の攻撃を嫌がったのである。

体を斜めにさせながら前に出て、刀の鎬をこすらせた。膂力がある上に勢いがついていた。豊岡の体が、それで押された形になった。

微かに体の均衡が崩れた。足を踏ん張ろうとしたときに、浅く右小手を打たれた。血が跳ね飛んだ。

痛みは感じない。ただ刀を落とさないようにと、それだけに気持ちを集中させた。だがそのとき、脇腹に異物が差し込まれる冷たい感覚があった。

「くそっ」

見るともう一人の男が、握り締めた匕首をこちらの腹に突き刺したところだった。力任せに、刀をそちらにふるった。

刺さった匕首を抜く暇はない。男は斜め後ろに身を引いた。

追おうとしたが、浪人の剣が襲ってきた。今度は肩をやられた。そして体がぶつかった。

全身を支えることができなくて、豊岡の体は地べたへ倒れ込んだ。

「止(とど)めだ」

そういう声が聞こえた。刀が振り上げられた感触が分かった。

けれどもそこで、

「待てっ」

という男の声が聞こえた。ばらばらと走ってくる足音が響いていた。それは思いがけず近かった。

刀を抜く音が聞こえた。一人や二人ではなかった。

豊岡は、すうっと全身から力が抜けるのを感じた。記憶があったのは、そこまでだった。

第二章　舟を漕ぐ姿

一

湯屋は日の出と共に店を開ける。仕舞いは日没だ。それ以後は、釜を焚くことが認められていない。そこで終わりにしてもよいのだが、湯が温かいうちは客を入れた。だからかなり長い時間、商いをしていることになる。

休みになるのは、火事が怖い風の強い日だけである。この日だけは、奉公人がのんびりできた。

昨夜はお産が済んだあとで、女湯の片づけをした。晩飯が食えたのはそれからだった。そして今朝は、まだ夜が明けないうちに起きなくてはならなかった。

昨日は良いことがあった、という気持ちがあるから、誰も不満は言わない。しかし眠いのは、どうしようもなかった。

　赤子と母親は、一休みしてから、家へ帰った。子どもは抱かれて、母親は戸板に乗せられて運ばれていった。亭主の亀七は、お花に何度も頭を下げていた。よほどありがたかったに違いない。

「いえ、夢中でやっていました」

　お花は、放心した顔で言った。

　三樹之助が板の間の雑巾がけをしていると、おナツがあくびをしながらやって来た。いつも引っ付いている冬太郎の姿は見えなかった。

「ゆうべは遅かったからね。さすがに起きられないようだよ」

「そうか。寝かせておいた方が、うるさくなくていいな」

　二人で笑い合った。

　暖簾を出す前から、最初の客が待っていた。

　近くの呉服屋の若旦那である。商いよりも悪所通いの方が性に合っている男だ。今日も朝帰りをしてきたのだった。

　もちろんまとめ払いの、留湯の客である。

「歯を磨きたいからさ、楊枝と歯磨き粉をもらおうか」

番台に、銭を差し出した。楊枝は楊柳の枝を材料にしたのでこの名がついた。枝の先をつぶして細い繊維状の房にする。これで歯を磨いたのである。先端の房が短くなったり減ったりすると、この部分を削り取ってまた新しい房をつくった。

歯磨き粉は、湯屋以外でも振り売りが回って売った。もともとは塩だったが、元禄の頃から商いの対象として売られるようになった。主成分は房州砂で、これに香料を加えたものである。

そんな簡単なものでも、江戸の名物といわれた。

若旦那は生あくびを一つすると、楊枝の先に歯磨き粉をつけて口に含んだ。

「まったく、今日も暑そうだよ。一日ののんびりしたいもんだねえ」

着物を脱ぎ始めた後ろ姿に、おナツはあかんべえをしてみせた。

三樹之助はこのとき、新規に開店した蕎麦屋の広告の引き札を壁の高いところに貼っていた。目立つところに貼れば、何がしかの銭になるのである。すでに化粧水や菓子舗、小間物屋などの引き札が所狭しと貼られている。

美人の絵が入っていると、やはり人目を引く。

二番目にやって来たのは、葉茶屋の隠居である。この禿頭の爺さんは、いつも一番か二番に顔を見せる。目が覚めて、朝飯前にやって来るのだそうな。

「何だ、惜しいね。二番目かい」

「ええ、残念でしたねえ」

番台の五平が、お愛想の返事をする。やはり寝不足で目が赤い。

三番目に顔を出したのは、湯客ではなかった。奉行所の若い小者だった。慌てふためいた顔をしていた。ずっと走ってきたのだ。

「げ、源兵衛親分は」

そのとき朝飯を食べていた源兵衛は、箸を手にしたまま番台脇の土間まで出てきた。

「て、てえへんです。豊岡さまが、ふ、二人組の賊に襲われやした」

唾を飛ばして言った。

「どういうことだ。命は無事だったのか」

さすがに源兵衛の目が、驚きで丸くなった。傍で聞いていた三樹之助にしても、にわかには信じがたい話だった。

「腹を、匕首で刺されています。そ、それから、肩を斬られ、手の甲にも斬り傷がありました。浪人者とやくざ者の二人に、やられたんです」

「だから命はどうだって、聞いているんだ」

源兵衛は苛立っていた。小者の口ぶりを聞いていれば、尋常でない事態になっていることは嫌でも分かった。

「ま、まだ生きていやす。どうにか、よ、夜を越しましたが、この先はどうなるか分かりやせん」

「襲った奴が誰だか、はっきりしているのか」

「一人は、はっきり分かったそうです。顎に一寸五分ほどの刀傷があったそうで」

「顎に傷だと」

源兵衛の顔色が変わっていた。

「へえ。島を抜け出して来た奴らに違いありません」

「そうか、弥蔵が四年ぶりに江戸へ戻ってきたわけか」

吐き捨てるような口ぶりである。島抜けをした者の名を知っているようだ。

「とんでもねえ奴らです。たとえ二人がかりでも、豊岡様をあそこまでやれる野郎は、そうどこにもいませんぜ」

「よし、すぐにでも行こうじゃねえか」

源兵衛は小者がすべて言い終わらないうちに返事をした。手に握っていた箸が、ぽきんと折れた。両手で握って、力が入ったのである。

四本になった箸を、土間に投げ捨てた。

草履を突っかけようとしたとき、奥から走り出てきた女がいた。

「行くのはやめて。おとっつぁん」

お久だった。かすれる声を、張り上げていた。源兵衛の腕を両手で摑んでいる。

「離さねえか」

源兵衛は両の手を振りほどこうとしたが、簡単にはできなかった。

「言わないこっちゃない。こういうことが、いつかあると思っていたよ」

半泣きになっている。顔が歪んでいた。お久も事情が分かるようだ。

「同心とか岡っ引きとかいう稼業をしていたら、いつかはこうなるんだ。人に恨まれるからさ。おとっつぁんだって、狙われているかもしれないんだよ」

「う、うるせえ」

いつもは小言を黙って聞いている源兵衛だったが、今朝は様子が違う。お久の体を突き飛ばした。

「豊岡様が、死ぬかもしれねえんだぞ」

それだけ言い残すと、奉行所の小者を連れて走り出ていった。

板の間に尻餅をついたお久は、うっと泣き声を漏らしながら、石榴口の横の戸を開けて奥の部屋へ駆け込んだ。

「お、おっかさん」

一部始終を見ていたおナツが、呆然として声を漏らした。

「案ずるな。おっかさんは強いからな。じきに元気になるぞ。じいちゃんだって、何かがあったりはしないぞ」

何の根拠もなかったが、三樹之助はそう言って、おナツを抱きしめた。小さな頼りない体だった。

「うん」

おナツはしばらくの間、三樹之助の胸に顔を押し当てて、声を出さずに泣いた。


「四年前に弥蔵という男は、いったい何をしたのだ」

三樹之助は番台の五平に問いかけた。

胸で泣いていたおナツは、お久が板の間へ出てくると縋り付いていった。お久も不憫に思ったのだろう、抱き上げて表の通りへ出て行った。

「さあ、いったい何があったのでしょうか」

困惑の顔で、五平は考え込んでいる。すぐには思い出せないようだ。

「ねえ。母ちゃんも姉ちゃんもいないいんだけど、どこへ行ったのかな」

そこへいかにも寝起きといった顔で、冬太郎が声をかけてきた。ようやく目覚めたようだ。

「さあ、さっきまでそこらへんにいたがな」

三樹之助は、いい加減なことを言った。冬太郎は捜すつもりなのだろう、二階への段梯子を登っていった。

「定かではありませんが、もしかしたらあのことなのかも知れません」

首を捻りながら、五平は言った。

「かまわぬから、言ってくれ」

「はい。日本橋のお堀端に面した本銀町に、三笠屋という両替屋があったんですがね。そこが二人組の賊に襲われたんですよ。確かそのときの賊の一人が、弥蔵といった気がするんですが」

四年前なのは、明らかだという。

「詳しい話をしてくれないか」

「それがねえ、三樹之助さん。私はよく知らないんですよ。旦那は話しちゃくれませんからね。嘘八百を並べた、瓦版を読んだだけなんですから」

「では、どこかに詳しい事情を知っている者はいないか」

　このまま、聞かなかったことにはできない気持ちになっていた。

「そうですね……。ああ、それならば、お花さんがいますよ」

「お花さんだって。昨夜の産婆見習いだという、あの人か」

「はい。あの人の父親は、三笠屋さんで番頭だった人です。事件のあと、そう間を置かず亡くなったと聞きましたが」

　五平はようやく思い出したという顔で応えた。

二

　東叡山（とうえいざん）の森に、夏の日差しがあたって梢（こずえ）がきらきら輝いていた。不忍池（しのばずのいけ）の水面には、青い空を背景にした入道雲（にゅうどうぐも）が鮮やかに映っている。数羽の鴛鴦（おしどり）が、その入道雲を割って泳いでゆく。

　溢れるような蟬の音が、空から降ってきた。

　まだ夢の湯が混（こ）まないうちにと、三樹之助は五平に断って外へ出た。お花から話を聞いておこうと考えたのである。

島抜けも尋常なことではないが、定町廻り同心を襲うのも、生半可な覚悟や腕ででききるものではなかった。町奉行所を敵に回すということに他ならない。

豊岡と源兵衛はお神酒徳利である。どちらも四年前の事件に絡んでいるならば、源兵衛もいずれ狙われるだろう。その危惧があるから、お久は顔色を変えて、出かけるのを止めたのだ。

お花の住まいは夢の湯がある切通町の裏長屋だが、三樹之助が行ってみると留守だった。すでに叔母のところへ出かけたあとだそうな。そこで不忍池の畔にある下谷茅町二丁目に向かった。

叔母のお梅は、ここで産婆の看板をぶら下げて、独り暮らしをしていた。亭主はとうの昔に亡くし、三人の息子は職人の家に奉公に出ていた。一人前になって帰ってくるのを待っているのである。

お梅の家は小さな庭のついたしもた屋で、お花が洗ったさらしを物干し竿にかけていた。落ちるしずくに光が当たっている。

「おや、あなたは」

お花は三樹之助を覚えていた。

「昨夜はたいそう世話になりました。お陰で無事に済みました」

改めて礼を言った後で、本題に入った。

「はい。私のおとっつぁんは、三笠屋で番頭をしていた竹之助という者です。いったい、どういうお話なのでしょうか」

三笠屋での、押し込みの一件について尋ねたいというと、顔つきが変わった。日ごろは口にも出さないが、決して忘れてはいない。そういう気配がうかがえた。

「あのときの賊二人は、取り押さえられたと聞きますが、その後はどうなったのでしょうか」

しかとは分からないが、そのうちの遠島になった一人が、島抜けして江戸へ戻ってきたらしい。源兵衛の動きからそれを感じて、尋ねに来たのだと三樹之助は告げた。

豊岡が襲われたことは、口にしなかった。いきなりでは、衝撃が大きいだろうと考えたからである。

案の定、お花は驚愕（きょうがく）した。しかし声をあげたり取り乱したりしたわけではなかった。気丈な性格だった。

「二人は兄弟でした。兄は金兵衛、弟は弥蔵といいました。兄は首謀者でしたので斬首となりましたが、弟の方は、八丈へ流されたと聞きました」

二人の罪状は強盗（ごうとう）未遂（みすい）である。

誰かを傷つけていれば、弟も死罪になった可能性があった。吟味方は余罪を探したが、それについては口を割らなかった。証拠もなかった。命だけは、救われたのである。

「兄は、弟を最後まで庇いました。むりやり引き連れたのだと言い張ったのです。絆の強い兄弟だったと、後になって豊岡様から伺いました」

「その捕り物の差配をしたのは、豊岡殿と源兵衛ですね」

「はい。弟の顎に刀傷があるそうですが、それをつけたのは豊岡様です。捕らえるときに、斬りつけたのです。源兵衛さんは、兄の金兵衛が三笠屋の屋根瓦の修理をし、その後の動きに不審をもって探索する中で、企みに気づいたということでした。豊岡様と謀って、待ち伏せをしていたと聞きました」

「なるほど。すると向こうには、豊岡殿や源兵衛に恨みがあるわけだな」

「そうかもしれませんが、それはお門違いです」

お花は、きっぱりと言った。眼差しに怒りと悲しみが浮かんでいる。

「三笠屋は、押し込みに狙われたということで、店が傾きました。責を負わされたおとっつぁんは、店にいられなくなりました。半年後に四十年奉公した店を、追われるようにしてやめさせられたんです。そしてこの心労がたたって、半年で亡くなりました。あいつらがあんなことさえしなければ、おとっつぁんは、死ななくても済んだはずです」

目に涙の膜ができていた。

「そうだな。あんたの言う通りだ」

三樹之助は頷いた。豊岡を襲ったのが弥蔵ならば、それは逆恨み（さかうらみ）としか言いようのないものである。

湯に入りに来ても、誰とも喋るわけではなく帰ってゆく。どこかに暗さのある女だと思っていたが、その訳の一端が見えた気がした。

「その三笠屋の押し込みについては、このあたりの者は、誰でも知っているのかね」

「日本橋の本銀町の人たちならば、知っていると思います。ですが切通町の人は、あまり知らないと思います。もちろん源兵衛さんとお久さんは別ですが」

「お梅は、力になってくれるのか」

長屋に行ったときに聞いた話では、お花は母親を二年前に亡くしたということだった。縁者は他にない。

「はい。親身になってくれます。一人前の産婆になれば、食べることに困らないといって、いろいろ連れ回してくれます」

「そうだな、昨夜のあんたは、立派な産婆だった」

三樹之助がそう言うと、ほんの少しだけ顔が和(なご)んだ。

「過ぎたことは仕方がありませんから、今は産婆の仕事を身につけることに精を出しています。もちろん不安はあります。でも赤子が生まれるときの、体が震えるほどの喜びは、何回やっても忘れられません」

お花は、三樹之助の顔を見詰めた。

昨夜の春米屋の赤子は、お花がいてこそ無事に生まれた。その喜びと誇りが、眼差しの中にあった。


三樹之助は、下谷茅町から日本橋本銀町へ向かった。千代田(ちよだ)のお城の膝元である。堀に面した道に、今も三笠屋の店はあった。

屋号を染め抜いた日除け暖簾に、強い日差しが当たっている。水をまいてもすぐに乾いてしまうので、風が吹くと土埃(つちぼこり)が舞った。

三樹之助は、店の中を覗いてみた。一時は繁盛した店だとお花は言っていたが、見たところ客の姿はなかった。手代が手持ちぶさたに、あくびをかみ殺していた。

隣に小さい古着屋があって、白髪(しらが)の爺さんが店番をしている。退屈そうだったので、三樹之助は声をかけた。

爺さんは若い頃から、この町に住んでいるそうな。

「三笠屋さんの押し込みの件ですか。ええ、よく覚えていますよ。あのときはたいへんでした。うちにも捕り方の人たちが潜んでいたんですから」

暮れ六つの鐘が鳴って店を閉じたあと、源兵衛が裏口から顔を見せたという。それまでは隣家に異変が起こっているとは、考えもしなかった。常とまったく変わらない、店の様子だったのである。

「一切の外出を禁じられ、捕り方を五名潜ませろと命じられました。そしていつの間にか、板塀のこちら側に突く棒や刺股を持った若い衆がじっと息を潜めていました。あの時は、生きた心地がしませんでしたね」

今だから話せると、前置きをして言った。

「となると捕り方を仕切ったのは、源兵衛だな」

「そうです。土地の親分は、こう言っちゃなんですが、そういう荒仕事は得手ではないようでして。でも、実際にお縄をかけたのは、豊岡様だと聞きました。なにしろあの方は、中西一刀流の免許をお持ちだそうですから、抜かりはありません」

金兵衛と弥蔵を捕縛できたのは、豊岡と源兵衛の力だった。

「三笠屋の竹之助なる番頭は、不運だったな」

お花のことが頭に浮かんで、三樹之助は口にした。

「まったくですな。堅実な商いをする、真っ正直な人でした。あの人だから、大事なお足を扱わせようというお店も、けっこうあったと聞きますから」

「なるほど」

「そういえば、娘さんが一人ありました。どうなすっているでしょう」

お花が今どうしているかは、知らないらしかった。わざわざ言うほどのこともないと三樹之助が黙っていると、爺さんは続けた。

「祝言を挙げる相手が決まっていたはずですよ。それがあの一件で破談になった。不憫でしたな」

このことを、お花は言わなかった。隠したというよりも、口にしたくなかったのだと無粋な三樹之助でも想像がついた。

もう一人、木戸番をしている中年の男にも尋ねた。賊を逃がさぬために、ここにも捕り方を詰めさせていたことが分かった。古着屋の爺さんと同じで、豊岡と源兵衛の活躍が伝わってくるばかりだった。

三

三樹之助が夢の湯へ戻ったのは、昼飯時を過ぎたあたりだった。昨日の桃湯と比べれば、客の数はかなり少なかった。

番台の五平に戻ったことを告げて板の間に上がると、ばたばたと駆け寄ってくる足音があった。おナツと冬太郎だとは、すぐに分かった。

「遅かったね」

そう言ったのはおナツである。

「どこへ行っていたんだよ」

いかにも不満そうに言った冬太郎は、三樹之助の太腿にしがみついてきた。急いで戻ってきたのだから汗をかいているはずだが、気にする気配はない。

二人とも、いつもと様子が違った。顔付きが暗い。叱られでもしたようだ。朝の一件があったからかと思ったが、それだけではなさそうだった。

「ちとな、済まさねばならぬ用事があった」

「それで、終わったの」

おナツが言った。

「ああ、済んだ。もう出かけることはないぞ」

笑顔を作って応えた。

「じゃあ、お昼ご飯を食べよう。待っていたんだよ」

二人に両手を引っ張られて、石榴口の横の戸から奥の台所へ行った。竹輪（ちくわ）の煮付と香の物があって、おナツが温め直した味噌汁（みそしる）と飯を運んできてくれた。

夢の湯では、昼飯を皆で食べることはない。それぞれの手がすいたときに、めいめいで食べるのだ。おナツと冬太郎は、三樹之助の手がすくのをたいていは待っていた。

冬太郎は自分の膳を、三樹之助のものとぴったりくっつけて並べた。

「あのね、出かけていた間にね」

飯を口に運びながら、冬太郎は話し始めた。箸の間から、米粒がぽろぽろっとこぼれ落ちた。三樹之助はそれを指で摘んで、自分の口に入れた。

「変なやつが、夢の湯の前にいたんだよ。何だか中を探る感じでさ」

「冬太郎は、それを見たのか」

「見たよ。姉ちゃんと通りに水をまこうとしたら、いたんだ。ものすごく怖い顔をしていてさ」

ずずっと汁を啜(すす)った。

「一人か」

「違うよ。二人いた。お侍と、やくざみたいな人だよ」

「何だって」

三樹之助は持っていた茶碗と箸を膳に置いた。子どもたちの前だから、できるだけ驚きが顔に出ないようにしたが、どこまでできたかは分からなかった。

「何をしに来たんだろう。じいちゃんの様子を見に来たのかな」

隠し切れない不安を顔に浮かべて、おナツは言った。飯を、ほとんど口に運んでいない。

「どんな顔付きをしていたんだ。やくざ者の顎に、刀の傷はなかったかい」

優しく問いかけた。

「そんなの分からない。怖くってさ、顔なんてじっくり見ることなんかできなかったよ」

六つの子どもだ。無理もない。おナツも頷いている。

「さあ、食べろ。何があったって、元気を付けておかなくてはいけないぞ」

三樹之助は自分も箸と茶碗をとって、一人に勧めた。竹輪を口に押し込んだ。咀(そ)

ろう。

浪人者と弥蔵だと思われた。おナツが言うとおり、源兵衛の様子を探りに来たのだ

嚼しながら考えた。

「ずっといたのか」

「ううん。しばらくしてさ、やって来たお客さんに聞いたら、そんな人はいないって

言っていた。のぞいてみたら、ほんとうにいなかった。でもさ……」

冬太郎の声は、見る見る小さくなった。

「今でも怖いんだな」

「うん。だから三樹之助さまが帰ってくるのを、待っていたんだ」

源兵衛は、朝呼び出されて行ったきり戻ってこない。お久には話せないなりゆきだ

と、子どもながらに考えたらしかった。

姉弟は、どうにか食事を終えた。おナツはいつもするお代わりをしなかった。

「では、おれが近くを見回ってみよう。まだどこかにいるかもしれないからな」

三樹之助が言うと、おナツと冬太郎は驚きの顔をした。

「だいじょうぶ。怖くないの」

「平気だ。おれは団野道場で、師範代になるはずだった腕前だからな」

わざと明るく言った。

「そうだね。でも、気をつけて行ってきてね。それで、早く戻ってきてね」

姉弟に見送られて、三樹之助は裏木戸から外へ出た。

あたりに人影はなかった。日陰で犬が、昼寝をしているばかりだった。昼下がりの、濃い日差しが路地を照らしている。

蝉の音と金魚売りの声が、どこかから聞こえてきた。

隣の垣根のところで、顔馴染みの婆さんが、洗濯物を取り込んでいた。

「嫌だねえ。そんな気味の悪い二人連れなんて、見かけませんでしたよ」

尋ねると、あっさりとした言葉が返ってきた。

表通りに出てみた。ここには何がしかの人通りはあったが、侍とやくざ者が一緒にいる姿は見当たらなかった。

豆腐の振り売りがやって来たので、声をかけた。いつもこのあたりを回っている。

「そういえば、見かけました。気味の悪い人たちでしたね」

「顔を見たか」

「そんなことはしませんよ。何か難癖をつけられたら面倒ですから。触らぬ神に祟りなしです」

渋面を作った。

ただ歩いているのを見かけただけだった。一刻ほど前のことだという。

次に夢の湯の斜め向かいにある青物屋の女房に尋ねた。肥えた中年の女房は、肌の色だけは大根のように白かった。

「そんな物騒なやつらが、いたんですかい」

見かけた気配はなかった。次はその隣の煮売り酒屋である。牛蒡のように細くて肌の浅黒い女中が相手をしてくれた。

「来ましたよ。浪人者とやくざみたいな感じの人が」

どちらも年頃は三十を過ぎていた。日焼けしていて、目だけが怖いくらいぎらついていた。

「何かされるんじゃないかと、初めは思いました。でもお酒を二杯ずつと、蒟蒻の煮付を食べていっただけでした」

「代は、ちゃんと払ったんだろうな」

「払ってくれましたよ。重たそうな財布を持っていました」

「顔はどんなだったか。やくざ者の顎には、刀傷はなかったか」

「それがね、首に手拭いを巻いていたんですよ。これが顎にもかかっていて、傷があるかないかなんて分かりませんでしたよ」

この暑いときに、首から顎にかけて手拭いを巻いているというのが、そもそも怪しかった。

「何か、話はしていなかったか」

「いえ、黙って飲んでいましたね。ずっと外を見ていましたよ」

少しでも風を通すために、戸や窓は開け放っている。夢の湯の様子を探っていたのかもしれない。

「そうそう。源兵衛親分は達者かなんて、尋ねてきましたね。ご存じなんですかって聞いたら、世話になったことがあるって。何だか奥歯にものが挟まったような言い方でしたね」

「ほう」

「それでお久さんや、子どものこと、奉公している人たちのことを聞いていきました」

「話したのか」

「名と歳ぐらいですよ。そのくらいのことは、このへんの人なら誰でも知っているじゃないですか」

牛蒡のような女は、そう応えた。四半刻（三十分）ほどいて、出て行った。他にも客がいたが、悶着は起こさなかったそうな。

四

三樹之助が通りへ出ると、源兵衛が歩いてくる姿を見かけた。呼ばれた南町奉行所から戻ってきたところらしかった。いつも仏頂面だから、とりたてて変わったところはうかがえないが、考え事をしているように見えた。

すれ違った、浅蜊の振り売りの挨拶にも気付かなかった。

「ああ、三樹之助さんか」

声をかけて、それでようやく気がついた。

「豊岡殿の具合は、いかがだった」

一番気にかかっていたことをまず聞いた。源兵衛は二、三度、目を瞬かせてから頷いた。

「命だけは、どうにかなりそうですね。ただ腹を刺されているのが、これからどうなるか。医者はなんとも言えないと答えたそうです」

起き上がることはできないが、少しだけ話ができたという。奉行所から、八丁堀の屋敷を回ってきたのであった。

「このままでは済むまい。事情を聞かしてもらおうではないか」

源兵衛はしぶしぶ頷いた。

夢の湯へ戻れば、おナツや冬太郎が寄ってくる。聞かせたくない話だったので、近くの湯島天神の境内に入った。

女坂を上って振り返ると、不忍池が見える。水面が午後の日差しを受けて照り返し、眩しかった。池に突き出した弁天島、その向こうには樹木に囲まれた清水堂と東照宮の屋根が望めた。

手水舎で手を洗い、本殿を参拝した。

源兵衛は何を祈願したか分からなかったが、長い間合掌していた。

境内には、売薬香具師の屋台店や楊弓場があって、炎天でも参拝客の姿が見られた。茶店では団子も売っている。沛然と降る蟬の音は、絶えることがない。

女坂の脇にある梅林に入った。ここならば、話を人に聞かれる恐れはなかった。地べたで木漏れ日が揺れていた。

「襲った者の正体は、分かっているのだな」

三樹之助の言葉に、源兵衛が頷いた。

「一人は四年前に、日本橋本銀町の両替屋三笠屋に押し込んだ弥蔵という男です。豊岡様が顔を見ているので、これは間違いがありやせんね」

「浪人者はどうだ。凄腕のようだが」

「弥蔵と一緒に島抜けをした野郎でさ。三年前に、美人局(つつもたせ)をやって人を傷つけ、流されていやした。強請の余罪もありました。漆原五十郎(うるしばらごじゅうろう)という、親の代からの浪人です」

二人は一月ほど前に、八丈の漁師を傷つけ舟を奪った。水を入れた桶と握り飯を用意して乗り込んだのである。計画的な島抜けだった。

「下田に辿り着いて、ここでも漁師を襲って、金品を奪っています。江戸への路銀にしたわけですね」

漆原は、正式な剣法をどこかの道場で学んだわけではないという。強請やたかり、喧嘩の助っ人などをして生きてきた。修羅場(しゅらば)を潜ってきた実戦剣法で、腕を磨いたのである。金と女に卑しい男で、かっとすると狂犬のようになった。

「昨日の昼間のことですがね、深川の馬場通りで、履物屋の隠居の夫婦が因縁を吹っかけられ、八両ほど入った財布を取り上げられています。そのとき四人の材木運びの人足が止めに入っていますが、一呼吸ほどの間に皆峰打ちでやられたそうです。その場で見ていた者の話でさ」

「そうか。大勢がいる中で、それだけのことをしたわけか。ふてぶてしいやつらだな」

「こちとらを、なめていやがりますね」

苦虫を嚙み潰したような顔だった。

「豊岡殿を襲ったのは、偶然ではないのだな」

「ええ。命をいただきにきた、と言ったそうです」

腹を刺され、肩を斬られた豊岡は、地べたに倒れた。止めを刺そうとしたところに、近くの藩邸に戻ろうとした数名の侍が通りかかった。さすがに弥蔵と漆原も逃げ出した。

「通りがかったのが一人や二人だったら、その者たちも斬ってしまったかもしれぬな」

「そうですね」

八丈から狂犬が二匹、抜け出してきた。牙を剝き出しにして豊岡を襲ったのである。供をしていた九兵衛という手先は、その場で命を落としていた。

「今、急いで人相書きを作らせています。これをご府内の自身番や木戸番、湯屋などに貼らせやす。やつらを、このままにするなど、ありませんからね」

源兵衛は吐き出すように言った。

「そこでだが、夢の湯を探っていた二人組を、おナツと冬太郎が見かけている。よほど怖かったようだ」

「何だって」

顔色が変わった。

「危害を加えられたわけではないが、尋常ではない気配を感じたのだろう」

「湯屋には、入らなかったんですね」

「そうだ。それでおれは今、あたりの様子を見回りに出たところだったんだ」

「何かしでかしていましたかい」

「いや、いない。ただそこの煮売り酒屋で酒を飲んでいった。四半刻ほどいて、お久さんや子どものこと、そして奉公人のことなどを聞いていったそうだ」

「ふざけやがって」

源兵衛は握り拳を作って、梅の木の幹に叩きつけた。木全体が激しく揺れて、葉と虫が落ちた。

「あいつらが次に狙うのは、夢の湯だ。源兵衛という岡っ引きだけではないぞ。おナツや冬太郎の身にも、変事が起こらないとは言えぬだろうな」

「そうですね」

さきほどちらと見せたおナツと冬太郎の怯えた顔。それが三樹之助の脳裏に、焼きついている。あの子たちを狂犬の餌食には、断じてさせない。

三樹之助の腹の底が、熱くなった。

「夢の湯には、奉行所の小者をしばらくの間置きやす。それからあっしがいねえときは、三樹之助さんに、子どもらの傍にいてやっちゃあいただけねえでしょうか」

「それは容易いことだ。だがな、狙われている大本は源兵衛、おぬしだ。ひとりで外を出歩くのはやめた方がよい。豊岡殿でさえ、あのようなことになったのだからな」

事情を知れば、お久はまたもやしがみつくことだろう。日ごろは小言ばかりを口にしているが、娘として父親の身を案じているのだ。

「おれがあの二人組の足取りを追ってみよう。襲ってくるのを待っているだけでは、らちが明かぬからな」

悠長にしている暇はない。奴らは必ず、次の手を打ってくる。

「いや、あっしが行きやすよ。これはあっしのことですから」

源兵衛は、やはり自らが探索に当たりたいらしかった。豊岡が襲われたのは、理不尽な逆恨みである。胸には、抑えきれない怒りがあるのだろう。

「そうはいくまい。今後、いつ奴らが夢の湯を襲ってくるか分からぬ。おナツや冬太郎のこともあるからな。それにだ、今朝出掛けにお久どのを突き飛ばしているではないか。戻って言わなければならぬことがあるのではないか。いくら実の父娘でもな」

そう言われた源兵衛は、顔に困惑の色を浮かべた。

「ですが三樹之助さんは、どこを捜そうというんですかい。深川の馬場通り一帯には人を出して聞き込みをさせていますが、奴らの気配は、これっぽっちもねえんですぜ」

人差し指の爪の先を親指で示した。

「深川に根城はないのではないか。あったら人前でそのような騒ぎは起こさぬだろう。少し離れたところだろうな」

「たとえばどこですかい」

「そうだな」

三樹之助は、深川の地理を頭に浮かべた。大川の東側で育った身だから、あのへんの土地には詳しい。

「本所の竪川のあたりか、永代橋を渡った霊岸島あたりを探ってみよう」

「分かりやした。それでは今日のところは、お願いいたしやしょう」

源兵衛は懐から財布を取り出した。中から五匁銀を取り出すと、三樹之助に差し出した。

「探りの費えに遣っていただきやしょう」

たいした奮発である。ありがたく三樹之助は頂戴した。

五

筋違御門下にある船着場から、三樹之助は停まっていた猪牙舟に乗り込んだ。神田川を東に向かってゆく。

竪川河岸へ行くか霊岸島へ向かうか、湯島天神で源兵衛と別れてから考えた。舟の船頭には、霊岸島へ行ってくれと伝えてある。

弥蔵と漆原は、履物屋の夫婦から八両近くの金を脅し取ったという。資金集めらしいが、だとするならば、繁華な日本橋や京橋、芝などにも足を延ばしやすい霊岸島あたりに宿を取るのが順当な考え方ではないかと判断したのである。

竪川からは回向院門前や両国橋の東西橋袂にも繁華街があるが、ここは強力な地廻りが根を張っている。馬場通りよりも、強請はやりにくかろうと考えられた。

舟は大川に出て、川下に向かってゆく。すぐに両国橋を潜った。水面は午後の日差しを跳ね返して眩しいが、陸にいるよりは風があるぶんだけ過ごしやすかった。

広い川はゆっくりと蛇行してゆく。新大橋を過ぎてしばらくすると、永代橋が見えてきた。

橋を潜れば、霊岸島はすぐである。大川よりももっと広い江戸の海が、はるか彼方まで広がっていた。眩しい。光に囲まれたようだった。

海鳥の鳴き声が聞こえる。

新堀川の河岸地にある船着場で、三樹之助は舟から降りた。

霊岸島は東側が海で、他の三方が川に囲まれている。水運の便がいいので、下り物の酒を仕入れる大店の問屋が軒を並べる区域があり、また地廻り物の味噌や醤油を仕入れる問屋も少なくなかった。

狭い土地だが、商人や人足、輸送に携わる人が多数住み着いていた。

遠路からの旅人も少なくないので、旅籠も表通りの大きなものから、裏通りの目立たぬものまで何軒もあった。三樹之助はまず目に付いた一軒に入って行く。

「どちらも日焼けした、ご浪人とやくざ者ふうですか。なに、やくざ者には顎に刀傷がある。そうですか、怖いですな。しかしそういう方は見えていませんね」

小さな旅籠で、中年の番頭が帳場で煙草を吸っていた。三樹之助の話を聞くと、すぐにそういう返事があった。

二軒目も三十半ばの女中が相手をしてくれたが、同様である。

「近くで、顔を見かけたこともないのか」

小銭を握らせてしぶとく尋ねたが、女中は困った顔をしただけだった。

そんな調子で、四軒の旅籠を回った。夢の湯に居付く前の三樹之助ならば、このへんであきらめてしまうところである。だが源兵衛に付き合って聞き込みをしてからは、この程度のことはあたり前だと考えるようになった。

物事はそれほど都合よくは行かない。

霊岸島では、中央に新川という掘割が掘削されている。

品川沖から荷船で多数の酒樽が運ばれてきた。大店の酒問屋が並んでいる一画だ。

喉が渇いた三樹之助は、そこで屋台の心太屋へ入った。心太は好物である。

「へい、お待ちどお」

酢醤油とからしをつけたやつを、するする啜った。

喉越しがよくて、瞬間汗が引いてゆく。河岸では薦被り(こもかぶり)の四斗樽(しとだる)の酒が、荷船から店の中へ運ばれていた。

荷運び人足の掛け声があたりに響いている。

三樹之助は小鉢を返すときに、ついでに店の親仁に聞いてみた。

「人相の悪い、浪人とやくざ者ですね。見かけましたよ、昨日。うちには来てほしくないなと思いながら見たので、よく覚えています」

「そうか」

勢い込んだが、ただ新川の河岸道を歩いているのを見ただけだった。

弥蔵と漆原だと確認できたわけでもないが、霊岸島を聞き回るのは無意味ではないと感じられた。

力が湧いた。

再び目に付いた旅籠に三樹之助は入っていった。

「ええ、お泊まりになりましたよ。そういうお二人が。年の頃は三十過ぎでしょうか。でもお名は、長谷川(はせがわ)様と大吉(だいきち)様だと聞きました」

そういう返事があったのは、訪ね始めて七軒目である。もう他には目に付くところに旅籠はなかった。

「その大吉という男の顳には、一寸五分ほどの刀傷がなかったか」

「ございました。なんだか目を見るのが怖いようなお客様でした」

名は違っても、外見や雰囲気はまさしく弥蔵と漆原のそれだった。話をしてくれているのは、中年の旅籠の女将である。

「それで、まだいるのか」

三樹之助は声を落として言った。いるならば、探っていることを気づかせたくなかった。

「いえ。それが昨日の夕刻に、急にお立ちになりました」

「そうか」

昂った気持ちがいくらかしぼんだ。しかし足跡に辿り着いたのは明らかだった。やつらは宿を出て、豊岡を襲う算段をしたものと思われた。行き先については、何も言わなかった。

「何日逗留したのだ。その間には、どのような過ごし方をしていたのだ」

矢継ぎ早に問いが出た。

自分も多少興奮していると三樹之助は自省した。

「ええと、五日ですね。宿帳には、神奈川宿からお出でになったと記してありました。昼間は、たいてい出かけておいででした。夜は、お帰りはかなり遅かったですね」

「酔って帰ってきたわけだな」

「ええ。明け方お帰りになったこともありました。白粉(おしろい)のにおいをさせておいででしたね」

女郎屋へでも泊まったものらしかった。

江戸の空気と酒は、島帰りにはうまかろう。女を求めたとしても、おかしくはない。朝飯は宿で出したが、後はすべて外で済ませてきたという。ただどちらも酒好きらしく、戻ってから注文をすることもあったらしい。

「お断りするとなにか酷(ひど)いことをされそうで、できませんでした」

「金は、持っていたのか」

「三日目にそれまでの分を、お立ちになるときに残りすべてをちょうだいいたしました」

大酒を飲んだり、深夜や早朝の出入りをしたりはあったが、乱暴なまねをすることはなかった。ただ何をされるか分からない、気味の悪い客という印象はあったそうな。

「ただあんまり大声を出して話をすることはありませんでしたね。何かがあっては厄(やっ)

介ですので、できるだけ隣の部屋にはお客さんを入れないようにしていました」

旅籠の対応の仕方が、なんとなくうかがえた。いなくなって、ほっとしている気配があった。

「何か特別に気付いたことはないか。大声で話さなくても、つい話を聞いたこともあるのではないか」

「そうですね」

女将は首を捻ってから、続けた。

「特に覚えているのは、お召し物のことですね。お見えになったときは、洗いざらしの古い木綿物でした。かなり汗のにおいもしたんですが、それが二日目に戻っておいでになったときは、小ざっぱりしたものになっていました」

着物の色柄は、深川馬場通りで履物屋の夫婦を強請った二人組のものと同じだった。

「どこかで求めてきたわけだな」

「そうでしょうね。その日はご機嫌で、たいそう儲かったと言っていたと女中が聞いています」

「儲かったと言ったのか。何をしたかは言うまいな」

「はい。何も」

兄の金兵衛は斬首となり、弥蔵は島送りとなった。捕らえたのは豊岡文五郎と源兵衛である。島抜けをして、復讐をしようと江戸へ出てきた。ここで過ごした五日間は、軍資金を得るために強請や盗みをしていたのだろうか。

ただ漆原は、三笠屋の一件には関わりがない。豊岡にも源兵衛にも恨みはないはずである。弥蔵に付き合っているということか。

「深川よりも、京橋や芝の方に出かけていたようです。そんなお話をしておいででした」

旅籠を出た三樹之助は、霊岸島から芝口橋へ回った。京橋と芝を繋ぐ橋である。日本橋からくる通りで、大店が櫛比する繁華な道筋だった。

木戸脇にある自身番へ顔を出した。

「ええ、ありました。金を強請り取られたという訴えが、この五日の間に橋の向こうとこっちで、一件ずつです。話を聞いてみると、同じ浪人者とやくざ者の仕業でしたね」

太物屋の女房が四両とちょっと、荒物屋の番頭が売掛金を五両やられていた。自身番の書役の話では、やった者は捕らえられていない。

荒物屋の番頭が被害を受けた日は、二人組が小ざっぱりした着物に替えて戻ってきた日と同じだった。

六

春米屋のおヨネが産んだ赤子の名は、夢吉とすることになった。夢の湯で生まれた子どもだからである。

生まれて三日目の午後、お花は様子を見に行った。

難産ではなかった。お梅がいなかったのは不安だったが、何とか取り上げることができた。それは何よりの喜びだ。

「ほうら、いまのあんたなら、あたしがいなくったってできるじゃないか」

お梅に報告すると、そういう言葉が返ってきた。生まれたばかりの、真っ赤でくしゃくしゃになった赤子の顔と夢吉という名は、死ぬまで忘れないだろう。あのときの泣き声が、まだ耳に残っている。

「湯屋で赤子を取り上げるなんて、めったにできることじゃないよ」

そんなこともお梅には言われた。

昨日も顔を見に行ったが、日ごとに顔付きがしっかりしてくるように感じた。おヨネの乳を力強く吸っていて、何だかそれを見ているだけで、お花は涙が込み上げてきそうになった。

いかにも小さい命だが、生きる力に満ちている。

赤子を見る、おヨネの眼差しも嬉しかった。お産のときは、自分と同様頼りない気がしたが、今は堂々としたおっかさんだった。

亭主の亀七も満足そうだった。

「土産に、持っていってくださいな」

帰ろうとすると、両手に持ちきれないくらいの白米を用意してくれた。

「これから柳橋(やなぎばし)近くの下平右衛門町(しもへいえもんちょう)で、お産があるんですよ」

「では、運んでおきましょう」

亀七は、笑みを浮かべて言った。我が子を取り上げてもらった礼をしたいという気持ちが、伝わってきた。

お梅は先に行っているはずである。そのまま神田川河岸の道に向かった。

歩きながら、亀七やおヨネの赤子を見る優しい眼差しが瞼(まぶた)の裏に残った。

「自分も生まれたとき、あのような目でおとっつぁんやおっかさんに見詰められたのだろうか」

お花は唐突に、そんなことを考えた。

今となっては、尋ねることもできない。ただ二人は自分を慈しんでくれた。最期まで行く末を案じてくれた。

無念な死なせ方をしてしまったが、娘の自分は今、しっかりと地に足をつけて生きている。安心してくださいと、天国の両親に伝えたかった。

世の中には、酷い奴がいくらもいて、腹の立つことや悲しい思いをすることがいっぱいあった。けれどもそんな人ばかりではないと、今度のことで改めて感じた。

叔母のお梅は、産婆としての心構えや手立ての仕方を、惜しみなく伝えてくれている。

湯屋でのお産で、そのことがよく分かった。また居合わせてくれた夢の湯の人たちも、赤子のために精一杯のことをしてくれた。

お久の気丈さに、どれほど救われたか分からない。

また湯を沸かしてくれた三樹之助という湯汲みをしているお侍。おろおろしていただけだが、子どもが無事生まれたと知って踊って喜んでくれたという。おナツや冬太郎、番頭の五平も、一緒に踊っていたと亀七から聞かされた。

そして息を切らせながら産婆を呼びに行ったり、亀七を捜して連れてきてくれたりと走り回った捨吉という男にも、感謝の気持ちがあった。

考えようによっては、赤の他人の迷惑な出産だといえないこともなかった。

同じ町に住んでいたわけだから、捨吉の顔は、なんとなく覚えていた。いつも一人でいて、暗い陰のある男だった。顔付きも怖い感じがしていたから、なるべく目を合わさないようにして過ごしていた。

それなのに先日は、神田川の河岸道で三人のやくざ者に襲われたところを助けてもらった。あのとき捨吉が舟に乗って通りかからなかったら、自分はどうなっていたかと考えるとぞっとする。荷船の船頭をしていたとは、あの晩まで知らなかった。

気が動転していたから、名を聞いただけで、住まいを尋ねるのを忘れた。しくじったと思っていたところなので、源兵衛から捨吉の住まいを教えてもらった。

昨日はさっそく、饅頭を買ってあの夜の礼をしにいったのである。

「なあに、通りがかったついでのことだ」

小さいが一軒家で、運よく家にいた。何本かの櫂（かい）が、壁に立てかけられていた。饅頭よりも酒の方がよかったのかと手渡すときに考えたが、気持ちよく受け取ってくれた。それがとてもありがたかった。

ちらと見えた部屋の中は、ずいぶんとさっぱりしていた。というよりも、ろくな所帯道具が一つもないといった方が正しかった。

　それで独り者なのだろうと見当がついた。どこかに、ほっとしている自分がいるのに気づいて、お花は少し慌てた。

「あんたも、なかなかやるじゃねえか。いろいろきっちり指図していたな。ええと思ったぜ」

「それほどでも」

「いや、本当だ。あの弾けるような産声を聞いたときは、身が引き締まったぜ」

　お花は前にも、男から優しい言葉をかけてもらったことがある。その男の方が、柔らかな物腰で、上品な物言いをした。そのときも嬉しかったが、今になってみれば春の風のように曖昧で、とらえどころのないものだった。

　祝言を挙げる日まで決まっていながら、三笠屋の一件を機に去って行った男である。

「昨日は、桃湯だったたな」

「はい」

「あちらこちら走り回ったが、あんたのお陰で気持ちのいい晩になった。たぶん忘れねえと思うぜ。人一人が生まれるのに、あんたほどじゃねえが、おれも少しは関わったわけだからな」

「そうですね。皆で、喜んだんですから。私も忘れません」

若い男と話をして、こんなに気持ちが休まったのは何年ぶりだろう。自分は捨てられた女だと感じていたから、男に近づくことはなかった。産婆の見習いでは、その必要もなかった。

それが思いがけなく、捨吉と言葉を交わす機会を得た。頑なだった気持ちが、ほぐれている。

お花にしては、不思議なことだった。

お梅のツテで、湯島切通町に移ってきた。源兵衛やお久、あるいは自身番に詰めている大家は三笠屋での出来事と自分の関わりを知っている。しかし他の者には、問われでもしないかぎり話していなかった。

いつか捨吉に、そういうことを話すときがくるのか。そんなことを、お花は考えた。

神田川の河岸に出た。筋違橋を渡れば八つ小路である。そろそろ日暮れどきだった。

横から照り付けてくる日差しを、ひときわ強く感じた。

それでも八つ小路の雑踏には、人がたくさんいた。

お花は橋を渡らずに、東への道を川に沿って歩いた。背中を真夏の日差しが押してくる。

これから行く先は、味噌醤油を商う店の女房である。二人目で、初めの子もお梅が取り上げていた。見習いとして行くわけだが、これまでとは違った気持ちで、お梅の動きを習うことができると期待した。

そのためには一回一回のお産を、見習いや手伝いではなく、自分のこととして当たらなくてはいけないと覚悟していた。

神田川には、ひっきりなしに舟が行き来している。荷船もあれば、猪牙舟もある。夕涼みに出かける屋形船もあった。

それまでは何とも思わなかったが、昨日今日は舟を見かけると船頭の顔を確かめるようになった。あの人は神田川を、日に何度も通ると言っていた。

だから気になるのだ。

「あっ」

浅草御門の手前を、こちらに向かってくる舟があった。たいていは荷を積んで運ぶが、頼まれれば人も乗せると話していた。捨吉の漕ぐ舟が、二人の客を乗せていた。

お花は、土手際に寄った。たった今、考えたばかりだった。

心の臓の動きが、速くなっている。

捨吉の櫓捌きは確かだ。小揺るぎもしないで進んでくる。流れるような動きで嬉しかった。

しかし乗っている客を見て、はっと息を呑んだ。浪人者とやくざ者で、どちらも日焼けし、乱れた髪をしていた。だがお花を驚かせたのは、そういうことではなかった。

二人の客が纏っている、いかにも荒んだ雰囲気だった。

酷薄な眼差しと、唇の端に浮かぶ人を舐めたような嗤い。着崩しただらしない身なりだが、すぐにでも人に襲いかかれそうな、すばしこさが潜んでいた。

「傍には寄りたくない人たちだね」

お花は呟いた。だが船頭という仕事ならば、どんな人でも乗せろといわれれば断ることはできない。そうやってお足を受け取り暮らしているからである。

「捨吉さんも、たいへんだ」

同情したが、櫓を漕ぐ姿に怖がっている気配はうかがえなかった。お花はじっと捨吉の姿を見つめている。

舟はみるみる目の前に近づいてきた。そのまま前を通り過ぎてしまうかに見えたが、捨吉が土手際にいるお花に気がついた。

目が合った。

「ああ」

お花は慌てて頭を下げた。舟が目の前を通り過ぎた。

顔を上げると、振り返った捨吉がまだこちらを見ていた。再び目が合って、櫓を握っていた右手が高く伸ばされた。自分への合図である。

そう気がつくと、お花も右手を振った。けれどもそのときには、捨吉は正面に向き直ってしまっていた。沈みそうでなかなか沈まない夏の夕日が、やけに眩しかった。

その光の中に、捨吉の姿は消えていった。眩しいばかりなのに、お花は目を細めてしばらくそのあたりを見詰めていた。

七

おナツと冬太郎が夢の湯で弥蔵と漆原らしい二人を見かけてから、四日目になった。源兵衛も三樹之助も、極力外出をしないで、近隣の様子に目を凝らしていた。

今のところ、あれ以来二人が切通町に現れた気配はない。

源兵衛は豊岡が襲われた翌朝、外出を止めたお久を突き飛ばして、夢の湯を出て行った。戻ってきても、詫びは一言も口にしなかったらしく、父と娘は目も合わせない日が続いていた。

「こんなに長く続くのは、初めてですよ」

五平は困惑顔で、三樹之助にこぼした。源兵衛とお久がじかに口を利くことはないので、すべての場面で五平が間に入らなくてはならないからだ。

「どっちも意地っ張りだからね」

おナツがませたことを言った。

夢の湯は、常と変わらない商いを続けている。日々の様子を見ている限り、何かが起こるようにはとても感じられなかった。

三樹之助が女湯で湯汲みをしていると、面白がってからかってくる者もいる。しかし近頃ではほとんど気にならなくなった。裸の婆さんの、愚痴(ぐち)を聞いてやることもある。

おナツと冬太郎も、いつもと変わらない暮らしをしている。ただ違うのは、毎日正午まで通っていた手習いを、このところ休んでいる。

これは源兵衛がそう命じたからである。

送り迎えをすれば済むかとも考えたが、手習い場でも何が起こるか分からない。それならば大人がたくさんいる夢の湯に置いておくのが、一番安全だということになった。

おナツはつまらなそうな顔をしたが、冬太郎はかえって喜んだ。手習いなどしたくないからである。

ただ、出かけるなと言われる言葉の裏には、ただならぬことが迫っている。そういう虞（おそれ）は子どもながらに感じるらしく、ふとした折に怯えるような表情を見せた。訳の分からない恐怖が、あるのかもしれなかった。

姉弟は三樹之助の傍から、ほとんど離れないで過ごすようになった。湯汲みをしていれば板の間に、釜番をしているときは熱い釜の前にいた。

三樹之助は、剣の稽古に余念がない。何かがあれば、漆原に後（おく）れをとってはならないと考えている。釜の前は、剣術の稽古場になった。

子どもたちは、自分たちも汗をかきながら三樹之助の稽古を見物した。

「ほんとうに、強いんだね」

木刀を振る姿や風を斬る音を聞くと、安心するらしかった。

「でもさ、いつも家にばかりいるのは、退屈だよ」

「うん、そうだね」

姉弟で話している。今は、店の前の水まきさえもさせてもらえなくなった。友だちと遊ぶこともない。

考えてみれば、不憫だった。

「よし、では一刻ほど外へ連れて行ってやろうか」

「ほんと」

三樹之助が言うと、おナツも冬太郎も、わあと叫んだ。

「ただしな、明るいうちの一刻の間だけだ。それも人のたくさんいるところだ」

源兵衛に言うと、初めは反対した。けれども子どもたちがどうしてもとせがむと、しぶしぶ頷いた。

「三樹之助さんから、離れてはいけねえぜ」

何度も念押しをした。お久は何も言わなかった。ただ何かがあったら、大きな声を出せと、それだけ注意をした。

さすがに朝湯とはいえない刻限になっている。しかし昼飯の頃までには、戻ってくることができると考えた。向かう先は、上野山下（うえのやました）である。八つ小路も考えたが、人気のない武家地を通らなくてはならない。

懐には、先日源兵衛から貰った五匁銀の残りがだいぶある。饅頭を食わせてやり、何か一品くらいは屋台店で買ってやる腹づもりだった。

「じゃあ、行ってくるよ」

番台にいる五平に声をかけて、三人は夢の湯を出た。三樹之助は右手をおナツと、左手は冬太郎と手つなぎをしている。

嬉しいと、子どもはすぐに顔に出る。それを見るのは三樹之助も楽しいのだ。

「あれっ、あの人は」

少し歩いたところで、おナツが言った。二人連れの女がこちらに向かって歩いてくる。

「ご大身のお姫様だね」

冬太郎が、大きな声で言った。志保とお半である。お半は風呂敷包み(ふろしきづつ)を持っていた。

それには湯桶が入っている。夢の湯へ入浴にやってきたのである。

とんでもない奴らに会ってしまったと三樹之助は思ったが、あとの祭りだった。

「どちらにお出でになるのですか」

志保が問いかけてきた。だがそれは、おナツに対してだった。

「上野山下。三樹之助さまに連れて行ってもらうの」

嬉しいことだから、黙っていられない。

「いろいろ見物してさ、美味しいものを食べるんだよ」

聞かれもしない冬太郎も、声をあげた。

「そうですか、それならば私たちもご一緒しましょう。ねえ」

「ええ、そういたしましょう」

志保とお半は、三樹之助の返事など聞かずに決めてしまった。

「大勢いるほうが楽しいね」

冬太郎は握っていた手を離すと、ぴょんぴょんと飛び跳ねた。そしてとんでもないことが起こってしまった。

「さあ、参りましょう」

笑みを浮かべた志保が、おナツに手を差し出したのである。

「うん」

断るかと思ったおナツが、三樹之助の手を離して握ってしまった。

「お、おいらも」

冬太郎も志保の手を握った。

お半が何かを言おうとしたが、志保はそれを目で止めた。そして歩き始めた。三人の後ろを三樹之助とお半が続いた。

信じがたいことだった。志保が初めて笑みを見せたのである。しかもいかにも楽しそうな笑みだった。

つんとすました、人を見下すような眼差しばかりが三樹之助の記憶にある。お半と話しながら笑みを浮かべているのは見たことがあるが、そのときはどこかに意地悪な気配が含まれていた。

たった今見たものとは、質の違うものだった。

「さあ、買ってもらいな。甘くて美味しいよ」

幟を立てた飴売り(あめう)が、呼び声をあげている。上野山下は東叡山の南で、両国広小路や八つ小路などと同じように火除け地(ひよけち)として設けられていた広場だが、昼間は見世物小屋や大道芸、屋台店が軒を並べて人で賑わっていた。

湯島切通町からは、子どもの足でも四半刻はかからない距離にあった。

「ねえ、曲馬を見ようよ」

馬のヒヅメの音が聞こえ、人の歓声が聞こえた。志保とおナツ、冬太郎が看板を見上げている。

「何をぼやぼやしておいでなのです。早く木戸銭を払っておいでなさいまし。大人三人に子どもが二人ですぞ」

お半が近づいてきて、三樹之助に言った。

相変わらず、こちらに落ち度があるような言い方だった。しかも銭はこちらに払わせ、自分も見物するつもりでいる。

不満ではあったが、木戸銭を払った。柵(さく)があり、中を二頭の裸馬が楕円(だえん)を描いて走っていた。かなり込んでいる。最前列は、すべて埋まっていた。

冬太郎が、志保に何か話しかけていた。甲高い声が、響いてくる。

またお半が近づいてきた。

「どうして人をどかせぬのか。これでは姫も子も、見ることができぬではないか」

責めていた。ここで言い争いをしても、始まらぬ相手である。

「すまぬな。ちと間を空(あ)けてもらえぬか。子どもに見せてやりたいのだ」

三樹之助は額に汗をかきながら、前にいる客たちの間に割り込んだ。

「しょうがねえなあ」

職人ふうの男は、間を空けてくれた。おナツと冬太郎がそこに入ると、しっかり志保とお半までが前に出ていた。

お陰で職人ふうの二人が弾き出されていた。

「済まぬな、許してくれ」

三樹之助は頭を下げた。汗が噴き出ているのは額だけではなかった。

走り回る裸馬は、土を撥ね飛ばす。これに半裸の男が近づいた。瞬く間に首にかじりついて、背に乗ってしまった。やんやの喝采である。

冬太郎はずっと歓声を発していた。

そして次の瞬間、二人の男が、走っている馬の背で逆立ちをした。

「わあっ」

驚きが、見ていた者の間で広がった。三樹之助もここまでやるとは思わなかったので、手を叩いた。三周ほどすると、男たちは馬から飛び降りた。

小銭がばらばらと、見ていた者たちの間からまかれた。

「すごいね。あんなこと、どうしたらできるんだろうね」

おナツが志保に話しかけている。

次に入ったのは楊弓場だった。的に当てると、人形やら菓子やらをもらえることになっている。女子どもを相手にした店である。

まず初めに冬太郎が、小ぶりな弓を手にして矢をつがえた。充分に引かないうちに手を放したので、矢はひょろひょろと飛んで、的に行き着く前に落ちた。

「さあ、しっかり持って」

志保が冬太郎の後ろに回って手を取った。弓を持ち直させ、矢をつがえさせている。

「いいですか。的をしっかり見なくてはいけません。そうでなければ、弓の弦があなった。

たの頬を打ちますよ」

そして弦を耳のところまで引かせた。左手は、弓を支えてやっている。

冬太郎の眼差しは、真剣だった。ぱっと放たれた矢は、的の端だったが確かに当たった。

「やった、やった」

おナツが声を上げると、冬太郎は相好を崩した。

「当たった、当たった」

そうやって三本、的の端に矢を当てた。志保はおナツにも手をとってやらせた。おナツの方が、的の中心に近い方に当てた。

見ていると、志保の助言は適切だった。弓をやったことがあるのかもしれなかった。

終わって小さなこけしと、金平糖の袋をもらった。

「志保さまのお陰だね」

姉弟ははしゃいでいる。店を出ようとすると、店の女に声をかけられた。

「弓のお代を、まだいただいていません」

「えっ」

子どもたちはもちろん、志保もお半も店の外へ出ていた。こけしや金平糖を見ながら四人で何か話している。甲高い冬太郎の声が響いていた。

三樹之助は仕方がなく、代をはらった。

「さて、喉が渇きましたね」

志保の言葉に冬太郎が呼応した。

「うん。お饅頭もたべたい」

おナツはもちろん、お半までが笑っている。三樹之助は声も出なかった。お半は、生涯笑うことのない女だと思っていた。

「あのお店ならば、皆で座れるね」

おナツが茶店の縁台（えんだい）を指差した。三樹之助を見て、にっこり笑っている。それでいくらかほっとしたが、志保とお半はこちらには一瞥もくれなかった。さっさと縁台に座り、お半は茶と饅頭を注文した。饅頭は四皿で、ついでに取った団子も四皿だった。

三樹之助は不貞腐（ふてくさ）れながら、自分の分を自分で注文した。

四人は、曲馬のことや楊弓の話をして盛り上がっている。一人だけが蚊帳（かや）の外だった。

「おや」

饅頭を口に入れ、広場の雑踏を眺めていた。すると見覚えのある顔がほんの数間のところを行き過ぎていった。二人連れである。人が多いからだろう、向こうは気づかなかった。

産婆見習いのお花と船頭の捨吉だった。

「ほう」

二人は話をしていた。べたべたはしていないが、楽しそうだった。昨日、今日の付き合いとは、とても思えなかった。

「では、参りますぞ」

しばらくしてお半が声をかけてきた。銭を払えと言っているのである。源兵衛からもらった五匁銀は、これですっかりなくなった。

「さようなら、また遊ぼうね」

志保とお半とは、上野山下の雑踏の中で別れた。湯に入りに来たはずだが、すっかり忘れているようだ。手を振りながら、冬太郎は言わなくてもいい言葉を発していた。

二人の姿が雑踏の中に消えたとき、おナツが三樹之助に向かって言った。

「志保さまって、優しい人だね」

「な、何だと」

三樹之助は、信じがたい言葉に仰天（ぎょうてん）した。

八

「昨日は楽しかったね。また行きたいね」

冬太郎が、楊弓場でもらった金平糖を口に含みながら言っていた。とても大事にしていて、おナツがくれと言っても一粒あげただけだった。

弓を射たり馬に乗ったりするまねを、朝から何度も繰り返している。おナツはもらったこけしを、手から離さなかった。

手習いにも行かず、二人はそうやって一日を過ごした。ようやく日は、西の空に朱色を濃くし始めていた。

「志保さま、次はいつくるのかな」

おナツの呟きには、楽しく過ごしたいという単純な願いがある。だが三樹之助にしてみれば、受け入れ難い言葉だといえた。

聞かぬふりをして薪を釜に投げ入れた。投げ入れるのは薪だけではない。拾い集めてきた古材木も投げ入れる。擦り切れた下駄(げた)であろうと、厠(かわや)の蓋(ふた)であろうとかまわない。

近頃は薪も値上がりしているので、燃やせるものは何でもくべた。

釜には、満遍なく火が回るように均等に薪を入れてゆく。慣れてくると、火の傍によっても火の粉をかぶることはなくなった。

釜場は湯屋の裏側で、裏木戸の傍には薪が積まれ、古材木を集めてくる荷車を置く場所もあった。火の近くに寄らなければ、慣れたおナツや冬太郎には恰好の遊び場だった。

三樹之助は、なぜ志保やお半が夢の湯にやってくるのか理解できないでいる。湯屋は江戸の町のどこにでもある。それを麹町(こうじまち)の屋敷から、わざわざ湯島までやってきた。

自分に関心があるのかと勘繰(かんぐ)ってみることもあるが、それならばもう少し違った対応をするのではないか。昨日も志保は、こちらに一瞥たりともよこさなかった。お半が理不尽な要求をしてきただけだった。

どこが優しい人なのか、三樹之助には見当もつかない。

ごうという音を立てて薪が燃えている。赤い炎が揺れるさまは、さながらこの世のものには見えなかった。

去年の冬、自害した美乃里を荼毘(だび)に付した。

あのときの炎の色が脳裏に蘇ってきている。

自分に対して優しいというならば、それは許嫁だった美乃里をおいて他にない。生涯共に生きてゆく女だと信じていた。

縁談が調ってしばらくしたころのことである。三樹之助は富岡八幡宮で、思いがけず美乃里を見かけた。『大凶』の御籤を引いて呆然としていた。まだ生きていた祖母の病快癒の祈願に行って、この籤を引いてしまったのである。紙片には、『病快癒の見込みなし』と記されていた。

三樹之助は傍によって、その御籤を近くの樹木の枝に括りつけてやった。そして瞑目合掌してから、もう一度御籤を引かせた。今度は『末吉』だった。ほっとした顔に、笑みが浮かんだ。美乃里の祖母は癪を病んでいたが、このときは明日をも知れぬ容態だった。

それがこのあと、いったんは回復したのである。

半月後、稽古を終えて道場を出ると、美乃里が立っていた。恥じらいの顔で礼を言った。稽古が終わるのを、待っていたのだ。

あのときの顔は、生涯忘れない。

先ほど入れた釜の薪が、燃えて白くなり始めていた。

新たな薪を投げ込んで、ふっと気がついた。つい今しがたまでいたおナッと冬太郎の姿が、見えなかった。

お久に呼ばれて台所に行ったのか、それとも板の間へ行ったのか、それは分からない。だがじきに戻ってくるだろうと、三樹之助は軽く考えた。薪や古材木をくべてゆく。

けれども姉弟はなかなか戻ってこない。どうしたのかと気になった。嫌な予感がしてくる。

そして裏木戸が、何寸か開いたままになっているのに気が付いた。材木拾いに行った米吉が戻ってくるので閂(かんぬき)はかけていなかったが、戸はきちんと閉まっていた。

「まさか」

はっとした三樹之助は、台所を覗いてみた。だが子どもの姿はなかった。流し板にも板の間にもいなかった。

「くそっ」

釜場へ戻って裏木戸から外を覗いた。見慣れた暮色の路地があるだけで、子どもの姿はもちろん通り過ぎる人の影もなかった。

ただやや離れた道端に、何かが落ちていた。走り寄って見てみると、小さなこけしだった。

三樹之助は台所に走り戻ると、晩飯の支度をしていたお久に伝えた。

「子どもが攫(さら)われたぞ」

お久は小さな悲鳴を上げたが、三樹之助は伝え終えるとすぐに路地に走り出た。このときには腰に刀を差している。表通りに飛び出した。

いないと気づいてから、そう時はたっていない。

まだ遠くへ連れて行かれてしまったとは考えられなかった。やったのは、あいつらである。他にはありえなかった。

本郷の方面にも、池之端(いけのはた)の方角にも、姉弟の姿はなかった。薄闇の中でぽつりぽつりと人が歩いている姿があるだけだった。

「連れて行かれる、子どもの姿を見かけなかったか」

三樹之助は、池之端方面からやって来た行商人に声をかけた。

「いや、気がつきませんで」

こちらが血相を変えているので面食らった様子だったが、行商人はそう応えた。今度は本郷方面から歩いてきた、顔見知りの米屋の小僧に聞いた。

「さあ、それは」

どちらも、あてにならなかった。

「行方が知れたか」

そこへ源兵衛とお久がやって来た。お久の顔は真っ青である。

「いや、分からない」

「ではおれは池之端の方向へ行こう。三樹之助さんは本郷だ」

言い終わらないうちに、二人は別れた。暮色が、少しずつ濃くなっている。道端には薄闇が這っていた。しかし赤い夕日は、沈みきっていなかった。

三樹之助は夕日に向かって、湯島天神境内下の坂道を上っていった。境内を過ぎると、道が二つに分かれた。そのまま真っ直ぐ行く道と、南の聖堂方面に出る道である。どちらにも子どもの姿は見えなかった。

「おおっ」

そのとき三樹之助は、地べたに白い小さな粒が落ちているのに気がついた。本郷方面の道にである。近づいてみると、金平糖だった。

三樹之助は迷わず、本郷へ向かう道を走った。

右手に麟祥院（りんしょういん）という寺が現れた。その門前にも、南に抜ける道があった。三樹之助は二つの道に目を這わせた。もうほとんど夕日は落ちかかっている。

「あった」

金平糖が、数粒本郷方面に落ちていた。

第三章　三人目の男

一

　麟祥院を過ぎると、右手は大名屋敷の海鼠塀になった。加賀前田家（かがまえだけ）の上屋敷である。左手は旗本屋敷だった。

　すでに日は落ちて、赤黒い光が横に一筋残っているだけだ。

　通りに人気はまったくなかった。三樹之助は闇に染まった道を走っている。丸に近い月がすでに空に見えた。

　焦りが、胸を覆ってくる。

　地べたに金平糖が落ちていないか。それに気を配っているが、見つからない。取り上げられたのか、もう残っていないのか。気になるが、今できることは走ることだけだ。

甘ったれの冬太郎は、泣いているのではないか。しかし金平糖を落とした機転は、普段はぼんやりしている気配からは予想外だった。

ただ油断はできない。攫ったのは弥蔵と漆原である。相手が子どもであろうと、何をするか知れない狂犬どもだ。

源兵衛もお久も、必死になって捜しているはずであった。

「ちくしょう」

三樹之助は走りながら繰り返している。

やつらはこちらを狙っていた。それを知りながら注意が足りなかった。夢の湯の敷地から出なければ大丈夫だと、勝手に思っていたのである。釜場で、迂闊(うかつ)にも考え事をしてしまった。

自分の落ち度だと、責めているのだ。

遠くから、犬の吠え声が聞こえた。その声と共に、微かな物音を行く手の闇の向こうから聞いた。

「冬太郎、おナツ」

三樹之助は思わず叫んだ。

行く手の闇に、二つの人影が動いた。それぞれが子どもを肩に担っていた。

「三樹之助さま」

おナツの切れ切れの声が耳に入った。

二つの影は、振り返った。やくざ者がおナツを、浪人者が冬太郎を肩にかついでいた。

「弥蔵と漆原だな」

「だったらどうだというのだ」

二人は肩から子どもを乱暴におろした。ばさりと音がしたが、姉弟は声を漏らさなかった。顔が怯えで引き攣(ひ)(つ)っている。泣くこともできない状態なのだ。

「子どもを返してもらおう」

「嫌だと言ったらどうする」

漆原が前に出てきた。左手で、刀の鯉口(こいぐち)を切っていた。腰を落としていつでも闘える体勢になっていた。

弥蔵も懐に右手を差し込んでいた。匕首を抜くつもりらしかった。

姉弟は呆然として、こちらの様子を見ている。

「何としても、返してもらうさ」

三樹之助も腰の刀に手をやった。

ためらわず鯉口を切った。豊岡を襲い、供の九兵衛を惨殺した。それだけではなく、隠居の夫婦から財布を強請り取るなどの狼藉を尽くしていた。そして今日は、幼い子どもを攫っていこうとしていた。二人に対して、憤りは頂点に達していた。

島抜けよりも許せない。

人を傷つけることは本意ではないが、この二人だけは別だった。

「おれたちの邪魔をする奴がどうなるか、教えてやる」

漆原の剣がさらりと抜かれた。八双に構えられた刀身に、月の光が跳ね返った。そのときには、弥蔵の匕首も抜かれている。

豊岡は、この二人から同時に斬りかかられたと思われた。対峙する相手は一人ではない。そう自分に言い聞かせながら、三樹之助は刀を抜いた。

正眼に構えた。漆原との距離は、まだ二間（約三・六メートル）以上あった。

八双に構えられた刀の剣尖は、小さな円を描いて揺れていた。こちらの動きを誘っている。漆原の目は、獲物を得た猛禽さながらだった。

怖れをまったく感じていない。何があろうと、常に相手を打ち負かしてきたという自信だろうか。

　背後にいる弥蔵が、じりじりと体を横にずらしているのがうかがえた。同時に打ち込む腹積もりだろうか。

　足や腰に力が溜められている。まずは様子を見ようという気持ちは、微塵もなさそうだった。

「くたばれっ」

　漆原の体が跳ね上がった。

　一足一刀の間合いになっていなかったが、そんなことを気にする相手ではなかった。また事実、瞬く間に剣尖が頭上に迫っていた。じっとしていれば、こちらの脳天は打ち砕かれる。

「たあっ」

　三樹之助も斜め左前に出ながら、空いていた敵の胴を狙った。充分に引きつけたあとだったから、こちらの方が動きは確かだった。

　闇を切り裂いた刀身が、相手の胴に迫ってゆく。だがそのとき、目の前の体がすっと視覚から消えた。

　肉を裁ち割るはずだった刀は、空を斬っただけだった。

勢いのついていた体は、それで僅(わず)かに均衡を崩した。

漆原の体は三樹之助の斜め後ろ、半間（約九十センチ）と離れていない位置にあった。刀身が振り上げられている。そして真横から、礫(つぶて)のようにぶつかってくる黒い塊が見えた。塊の先には、月の輝きを宿した匕首が光っている。

同時の攻めだった。

豊岡は、これでやられたのだと察した。

振り返って向かい合う暇はない。

本能的に体が動いた。弥蔵にではない、漆原の右横に回り込んでいた。こちらの刀は攻めることはできないが、打ってくる相手の刀は弾くことができた。

漆原の体は、しぜんと前に出ている。間に入った形だ。弥蔵はその腹に、匕首を突き刺すことはできなかった。

三樹之助はその間に一歩飛びすさった。弥蔵の匕首は、こちらの脇腹をかすっただけだった。

間合いをあけた。腹にちりとした痛みがあったが、闘えなくはなかった。浅手である。

それよりもこれで、二人の戦法が見えた気がした。

「やるじゃねえか、きさま」

ぎらぎらする目で、漆原は言った。もう一度、八双に構えている。弥蔵は月明かりの入らない闇の中に体を移していた。しかし息遣いだけは、はっきりと聞こえた。

二つの刃が、じりっと近づいた。漆原一人きりならば、互角の相手だ。だがこれに弥蔵が加わると、状況は激変する。

打ち負かす自信はなかったが、おナツと冬太郎は奪い返さなくてはならぬ。

まずは、どちらか一人だ。それができれば、何とかなると三樹之助は考えた。

だが二人の動きは慎重になった。構えたまま、なかなか攻めてこなかった。

そのとき、足音が湯島の方角から響いてきた。

「弥蔵っ」

塩辛声が、そう叫んでいた。源兵衛の声だった。

源兵衛は坂を下った池之端の方向へ、子どもを捜しに行った。だがいないと判断して、こちらへやって来たらしかった。

一対二ならば厳しいが、源兵衛が加われば攻守は変わる。

「お、おのれっ」

苦渋の声を漏らしたのは、弥蔵だった。三樹之助と同じことを考えた模様である。

「引き上げるぞ」

身構えたままうしろへ下がった。地べたにいる子どもには、目もやらなかった。

「覚えていろ」

漆原の動きも素早かった。捨て台詞（ぜりふ）を残して、白刃を握ったまま闇の中に走り込んだ。二人の体が、瞬く間に目の前から消えた。

「子どもは、無事か」

駆け寄ってきた源兵衛が言った。

「もう大丈夫だぞ」

三樹之助が声をかけると、おナツはわっと声を上げて泣き始めた。それを源兵衛が抱き上げた。それでも泣き止まない。

火がついたような泣き方だった。

脇にいた冬太郎を、三樹之助が抱き上げた。まだ呆然としている。

「えらかったな。あの金平糖があったから、ここまで追ってこられたんだぞ」

そう言うと、「うええっ」と、肩に顔を押し付けて泣き出した。

二

ようやく泣き声の収まった姉弟を抱いたまま、三樹之助と源兵衛は湯島切通町へ戻った。すると坂道にお久が立ち尽くしていた。

「おナツ、冬太郎」

気がついて、お久が走り寄ってきた。これも泣き顔だった。

「おっかさん」

二人の子どもを抱き寄せた。

気の強いさっぱりした気性だと思っていたが、やはり普通の母親だったと気がついて三樹之助はほっとした。

「おい、いたか」

「いたぞ、いたぞ」

ばらばらと人が走り寄ってくる。皆、手に手に提灯を持っている。湯屋の常連客たちだった。

「よかった、無事だぞ」

おナツと冬太郎の不明に気がついて、捜してくれていたのであった。

「なんまいだぶ、なんまいだぶ」

青物屋の婆さんは、両手をこすり合わせて呟いていた。

「おや、三樹之助さん。腹を斬られたんだね。でえじょうぶかい」

煙管(きせる)職人の豆造(まめぞう)が、着物に血が付いているのに気がついた。どれどれと人が寄ってくる。

「なに、浅手だ。案ずるほどではない」

三樹之助は慌てて言った。

「そうかい。手傷を負ってまで、救い出してきてくれたんだね。嬉しいじゃねえか。本当に三樹之助さんは、夢の湯のお助け人だね」

豆造は高い声を上げて言った。

皆で、夢の湯へ戻った。ここでも五平や米吉らが、待ち焦がれていた。三樹之助が、道に落ちていた金平糖の話をすると、居合わせた者は口々に冬太郎を褒めた。

「賢い子だね」

「怖かっただろうが、立派じゃねえか」

ずっと泣きじゃくっていたが、馴染(なじ)みの顔に囲まれて言われると満更(まんざら)でもない顔になった。

「えへへ」

涙と鼻水でぐちゃぐちゃになった顔に、笑みが浮かんだ。それを見て、三樹之助はようやくほっとした。

「ありがとうございました。お陰で無事に戻りました」

お久が三樹之助の前に立って言った。深く頭を下げたあとでこちらを見た眼差しは、これまでに見たことのないものだった。感謝の気持ちが籠っている。仏頂面が脳裏に焼きついている三樹之助にしてみれば、これは驚きだった。

こんな表情もできるのかと、不思議に思ったほどである。なぜか愛らしくさえ見えた。

「いや、源兵衛殿が来てくれなかったら、どうなったか分からんよ」

これは事実である。長年岡っ引きをやって来た勘といったものがあったのかもしれない。感じたままを口にしたのだが、お久は源兵衛には一瞥もくれなかった。

まだ腹を立てているらしかった。

「傷の手当てをいたしましょう」

流し板の奥にある、台所兼用の部屋へ三樹之助は連れて行かれた。それで夢の湯は、ようやく常の状態になった。

着物を脱いでみると、右脇腹に二寸（約六センチ）ほどの傷があった。血が乾きかけている。お久は新しいさらしと、焼酎の入った土瓶を持ってきた。

血をぬぐった後で、お久は焼酎を口に含んだ。これをぶっと腹の傷口に噴きかけた。

「うっ」

かなり染みて、三樹之助は声を漏らした。おナツと冬太郎は、傍で瞬きも忘れてこちらの様子を見詰めている。

消毒を済ませると、軟膏を人差し指と中指を使って塗ってくれた。かなり丁寧な塗り方だった。痛気持ちいいような、くすぐったいような不思議な感じだった。

お久は最後に、腹にさらしを巻いた。手馴れた巻き方だ。動いても崩れる気配はない。

「かたじけないな」

「いいえ。でも、この程度の傷で済んで、よかった」

今夜は、湯屋の手伝いをしなくていいとお久は言って、途中だった晩飯の支度に取り掛かった。いつも二階の座敷にいる女中が、気を利かせて手伝ってくれていた。

「おっかさん、優しかったね」

おナツが顔を近づけて言った。泣き顔はだいぶ収まっている。三樹之助の膝に手を乗せていた。冬太郎は横に座って、腹に巻いたさらしの上を手で撫で始めた。

「そうだな、いつもああだといいんだけどな」

「じいちゃんが、岡っ引きをやめないと。変わらないよ、あれは」

そう言ったのは、冬太郎である。核心をついていた。おっとりしているように見えるが、案外賢いのかもしれないと三樹之助は思った。

飯の炊けてくるにおいがして、腹の虫がぐうと鳴った。


客の姿がめっきり少なくなった五つごろ、夢の湯では暖簾を内側に入れる。最後の客が帰ると、いつものように流し板の掃除を始めた。

三樹之助や子どもを除く全員でやった。そろそろ終わりそうな頃になって、奉行所から顔見知りの小者がやって来た。

「豊岡様を襲った奴の似顔絵ができました」

摺りたてを持ってきたという。深川馬場通りで、履物屋の隠居夫婦から財布を奪ったのも、この顔だった。

「よくできているな」

源兵衛はしげしげと見て言った。輪郭(りんかく)や髪形、目鼻の造作の特徴が捉えられていた。弥蔵の顎には、もちろん刀傷が描かれていた。

「さっきの、あいつらだね」

おナツが、似顔絵にはあまり顔を近づけないで言った。夕暮れ時の恐怖が、蘇ってくるのかもしれない。

「三樹之助さまがさ、薪をくべていたとき、女の人が顔を覗かせたんだよ」

攫われたときの顚末(てんまつ)を、おナツと冬太郎から聞いている。小太りで、おっかさんと同じくらいの歳のおばさんだったという。おいでおいでをされたので、つい木戸の外へ出てしまった。

初めて見る顔だったという。するとそこへ、あの二人が現れた。口を塞がれて抱き上げられた。手足をばたばたさせたが、それで手を離す男たちではなかった。

「女は、そこでいなくなったわけだな」

「うん。おいらたちとは、違う方向へ走っていったよ」

仲間なのか、金で雇われただけの女なのか、そのあたりのことは分からなかった。

「金平糖は、場所を知らせるために落としたんだよ。もったいないとは、思わなかった」

冬太郎は言った。

三樹之助は二枚の似顔絵を、男湯と女湯の壁のそれぞれ目立つところに貼り付けた。

三

「これがおナツちゃんや、冬坊を攫って行こうとした奴らだね」

「ずいぶん悪相だね。島抜けをしたっていうんだろ。こんな連中に町を歩かれたら、怖いねえ」

女湯だけでなく、男湯でも似顔絵の前には人がたかった。見かけた者は、すぐに源兵衛に知らせてほしいと書き添えてある。

今朝からは、奉行所の屈強な小者が二名、釜場と板の間に詰めるようになった。源兵衛も三樹之助も、外出はしないつもりだ。

「でもよ。いつ来るか分からねえのを、怖がっているだけじゃしょうがねえな」

こう言い出したのは、煙管職人の豆造だった。

「そりゃあそうだ。今度現れたときは、ただじゃおかねえ」

居合わせた何名かの職人、人足ふうは声を揃えた。

「よし。それじゃあ、おれたちで見回りをしようぜ。おれが一声かければ、何人でも集まるぜ」

豆造は威勢のよいことを言った。

そして言葉通り、夕刻になる頃には、十名近くの若い衆を集めてきた。背中に彫物をした俠み肌の者までいた。みな夢の湯の客である。ねじり鉢巻に襷がけ、棍棒に長脇差、捕り物の突く棒や刺股を持ち出してきた者もあった。

「これならば、怖いものなしだね」

「あたしたちも、心強いよ」

今日は朝から、子どもを外で遊ばせない家が近所では多かった。

豆造を先頭に、男たちは町の中を巡回した。

だが昨日の今日ということもあってか、町木戸の閉まる四つになっても、あの二人組はもちろん不審な者の姿は現れなかった。

「明日も、明後日も、やつらがひっ捕らえられるまでやりますぜ」

豆造や若い衆は意気込んでいた。皆、子どもが攫われかけたことに、腹を立てているのだ。

お花も、おナツと冬太郎が危ない目に遭ったことは、町の噂で聞いていた。切通町だけでなく、池之端のあたりにも、この話題は広がっている。

ただ、お花が二人組の似顔絵の顔を見たのは、夢の湯にやって来た、暮れ六つ過ぎのことである。

絵の前には人がたかって、あの顔を見たことがあるとかないとか、そんなことを言い合っていた。

お花はどこかで見たことがあるなと、ちらと思った。だが考えても浮かんでこなかった。

怖ろしいことだという思いはあったが、ともあれ湯に浸かった。

疲れていたのである。

今日は叔母のお梅と一緒ではあったが、ほとんど一人で赤子を取り上げた。夢の湯で、春米屋のおヨネから赤子を取り上げたが、あれ以来だった。あの時はお梅もいなかった。

それでも何とか取り上げることができたという自信は、大きかった。それがなかったら、今日だって気持ちが怯んで、できなかったかもしれないのである。

「あんた、ずいぶん気持ちがしっかりしてきたねえ」

お梅に言われた。

それはお花にしてみれば、かなり嬉しい言葉だった。

すっかり自信をなくしていた自分が、自力で二人目の赤子を取り上げた。そして世話になっていた叔母に、気持ちがしっかりしてきたとまで言われるようになったのである。明るくなったとも言われた。

誇らしい気持ちになったが、その理由は自分でも分かっていた。夢の湯で赤子を取り上げたことはもちろん大きいが、実はそれだけではない。

「お花さんじゃねえか」

一昨日の午前中、通りに買い物へ出た。お産は、こちらの都合では始まらない。重なることもあるが、ないときは一日中暇だった。一昨日はそういう日だった。

声をかけてきたのは、捨吉だった。これまではすれ違っても目も合わせなかったが、今は違う。自分も面映(おもはゆ)いが、捨吉もこちらを嫌でないことが、女の嗅覚(きゅうかく)で分かっていた。

「まあ、捨吉さん」

名を口にするだけで、胸中に浮き立ってくるものがあった。

「ちょいと、寛永寺さんへ、参拝に行こうかと思ってよ」

捨吉はそう言った。船頭の仕事は、午後から始めるのだと付け足した。

「じゃあ、あたしも行っていいですか」

なぜそんなことが口にできたのか、いまだに自分でも分からない。けれどもごく自然に、口から出ていた。

言ってしまってからのほうが、むしろドキドキとした。

「おお、そうだな。じゃあ、一緒に行こうか」

捨吉は驚いた顔をしたが、それは迷惑とは明らかに異なる顔付きだった。

共に歩きながら、お花はまず、春米屋の赤子が無事に育っていることを伝えた。

「そうかい、そりゃあ何よりだ」

口元に、笑みを浮かべた。

赤子の様子を話してやると、黙って聞いていた。

「今度はいつ、赤子を取り上げるのだ」

と聞いてくれた。

「たぶん、明日か明後日」

「そうかい。それじゃあ、そのこともお祈りしなくちゃ、ならねえな」

当然のこと、といった顔だった。

その顔を見て、お花の心の中で何かが弾けた。ああ、この人とは、できることならば長く付き合いたい。そう願ったのである。

もちろん、自分の思いを口に出しはしなかった。三笠屋押し込み以来の自分の暮らしについても、聞いてもらいたい気持ちがはっきりと芽生えていたが、時間は瞬く間にたってしまった。

たわいのない話だけでも、充分に楽しかった。あっという間に、別れなければならない刻限になってしまった。

「じゃあ、またな」

そう言って、捨吉は去って行った。「じゃあ、またな」と、お花は口の中で繰り返した。

また逢える、ということだった。

湯は、熱くもなくぬるくもなかった。湯船には数人の者しか浸かっていなかったので、ゆっくりと足を伸ばすことができた。

「あの浪人者とやくざ者みたいなのはさ、ずいぶん日焼けをしていたっていう話だよ。なにせ島抜け者だそうだからね」

湯に浸かっている、中年の女房と婆さんが話をしていた。

お花の耳には、日焼けをしているという言葉が、耳に残った。

声になった。似顔絵を見たときにはすぐには思い出せなかった。しかし日焼けという言葉で、思い浮かぶ場面があった。

「ああ、そうだ」

神田川の北河岸を歩いていて、捨吉が漕いでくる舟を見かけたことがあった。自分は頭を下げ、捨吉は漕いでいた手を上げて振ってくれた。

あのとき舟には二人、客が乗っていた。荷船でも、頼まれれば人を乗せると話していた。

浪人者とやくざふう。どちらも日焼けした顔だった。いかにも荒んでいるといった気配を漂わせていて、あんな客でも頼まれれば乗せなくてはならないのかと考えて、ぞっとした。

知らぬこととはいえ、捨吉はとんでもない客を乗せていたのではないか。心の臓が、どきどきした。

お花は湯から上がると、さっそく源兵衛を呼んでもらった。そして、思い出したことを、伝えたのである。

三樹之助はお花が話した詳細を、源兵衛から間を置かず聞いた。とはいっても、舟の上にいるのを見たというだけの話である。

風貌は、きわめて似ていると思われた。ただ顎の傷は見ていない。河岸からでは、そこまで見えなかったのは仕方がなかった。

「とんでもない人を乗せてしまって、捨吉さんに何事もなくてよかったと思います」

お花は、そう付け足したという。

もし湯に入りに来れば、そこで聞こうと考えていたが、暖簾を下ろすまで捨吉は顔を見せなかった。

「それでは、おれが行ってこよう」

源兵衛も出たそうだったが、三樹之助は止めて一人で出かけた。同じ切通町の町内である。豆造らが、夜回りをしてくれている刻限だった。

捨吉は長屋住まいではない。家は借家だが、荷運びに使っている舟は自前で、決まった店の荷を運んでいた。余分な時間ができたとき、人を運んで賃稼ぎをしているということらしかった。源兵衛はどこで聞いたか、そんなことを知っていた。さすがは岡っ引きである。

切通町へ移ってきたのは、三年ほど前だという。

住まいへ行ってみると、明かりは灯っていなかった。どこかで酒でも飲んでいるのか、まだ仕事が終わらないのか、家に人の気配はなかった。

せっかくの手蔓だったから、一刻も早くと思ったがあてが外れた。仕方がないので、しばらく待つことにした。

一軒家とはいっても、隣家ときわめて接した借家である。長屋ほどではないにしても、話し声や物音は漏れてきた。つうんと藪蚊が飛んできて、三樹之助は何度か腕や脛を手で叩いた。

四半刻もしたころ、足音が聞こえた。提灯は持っていなかったが、男の足音だった。

「捨吉だな」

声をかけると、「へえ」という声が返ってきた。

「旦那は夢の湯の」

月明かりだけでも、近寄れば顔が分かる。三樹之助の顔を覚えていた。尋ねたいことがあって来たと告げると、どうぞと家の中へ招いた。

小さな家である。簞笥や枕屛風、そういった調度の何もない部屋だった。几帳面な性格なのだろうか、畳には塵一つ落ちていない。

「お花から聞いた話なのだがな」

「えっ」

捨吉は意外だという顔をした。夜遅く現れた三樹之助が、なぜ急にお花の名を上げたのか。腑に落ちないのだろう。そこで島抜けをした二人組があり、その者たちは定町廻り同心を襲っただけでなく、昨夜は夢の湯のおナツと冬太郎を攫おうとした。まずはそのことを伝えた。

「そこで二人の似顔絵が作られ、夢の湯の壁に昨晩から貼られた。それを見たお花が、思い出したと言って、申し出てきたのだ」

「何をですかい」

慎重な物言いだ。こちらの顔をじっと見ている。

「その方が、つい先日、その二人を舟に乗せているのを見たというのだ。神田川の浅草御門に近いあたりだそうな」

「ほう」

「似顔絵の二人に違いないと言っていた。そういう胡乱な者でも乗せねばならない、稼業のことを案じてもいた」

「なるほど、ありがたいことで。そうそう、思い出しやした。あのとき確かにお客を二人乗せていやした。一人はなるほどお武家でしたが、もう一人は、どんな人でしたかね」

首を捻ってから、思い出せないと言い足した。

「初めて乗せた客なのだな」

「そうです。それっきりの客ですね」

深川の小名木川（おなぎがわ）河岸で乗せ、筋違橋下の船着場で下ろしたと言い足した。

「何か話してはいなかったか」

「さあ、覚えちゃいませんね。そういう奴だって分かっていたら、聞き耳くらいは立てたかもしれませんが」

僅かに、口元に笑いを浮かべた。

「今度乗せることがあったら、すぐにお知らせしやすよ。場合によっちゃあ、舟を置いてつけてみやしょう」

捨吉はそんなことを言った。

「ところでお花さんは、あっしのことを、案じてくれたんですかい」

「うむ。気にしていたようだ」

三樹之助は、突然現れた志保らと、上野山下へ行楽に出かけた折のことを思い出した。あのとき捨吉らは気づかなかったが、二人が歩いている姿を見た。

楽しそうだった。そのことに触れようかとも考えたが、それは余計なことだと悟った。

「じゃまをしたな」

せっかくの知らせだったが、弥蔵らに近づくことはできなかった。

四

似顔絵を貼り出した初日は、お花からの訴えがあっただけだった。

あの人の目が似ているとか、長屋の隣の浪人があんな顎をしているとか、いろいろ言う者は現れた。

けれども浪人者とやくざふうの者が二人いて、年齢が三十代、しかも顔までが似ているとなると、これだという人物はいなかった。

「何を言ってるんだい。甚平さんなら、あのとき湯屋にいたじゃないか」

ということになる。

ただ江戸市中は広いから、もしどこかにそれらしい者が現れたなら、南町奉行所が動くことになっていた。奉行所にも面子がある。この捕り物を専門に探索する、与力と同心が任命されていた。選りすぐりの者たちだ。

　これぞという人物が浮かんだら、夢の湯にも知らせが入ってくることになっていた。

　そして翌日になった昼過ぎに、大家に連れられて、定助と磯吉という駕籠舁きが夢の湯へやって来た。二人は夢の湯の客ではなかったが、木戸番小屋の壁に貼ってある人相書きを見たというのだった。

「小石川伝通院の門前で、客待ちをしていたんでさ。そしたらこの人相書きの二人がやって来て、町人の方が駕籠に乗りやした。上野山下まで、運んだんですよ。丁度、おとついの昼ごろのことですね」

　一昨日には、おナツと冬太郎が攫われかけた。乗ったのは一人だけで、浪人者は伝通院の門前町へ歩いていったという。顎の傷には気がつかなかったが、二人の顔も年恰好も似顔絵に極めて似ていると駕籠舁きは声を揃えた。

　伝通院から上野山下までの道のりは、姉弟が連れられていった道と重なる。伝通院の門前町に何かの手掛かりがあるのならば、ぜひ行ってみたいところだった。

「降ろした場所は、三橋の手前にある楊弓場の前で、やくざ者はその店に入っていきやした。それはあっしが見ていました」

先棒の定助が言った。

これもじかに確かめたいところである。

お花の話よりも、ずっとはっきりした話だ。

「では、手分けして聞き込みをしてこようか」

三樹之助が言うと、源兵衛はうなずいた。

「ならばおれは、伝通院へ行ってみよう、三樹之助さんは楊弓場だ」

「承知した」

そこは志保たちと行った店ではない。上野山下には、子ども相手のものから、濃い化粧をして男を誘う女がいるものまで、いろいろな種類の楊弓場がある。定助の話では、どうやら後者の方らしかった。

「もちろん、暗くなる前には戻ってくるからな」

五平に、源兵衛は留守を託した。五平は何か言いたそうにしたが頷いた。一人で出かけて大丈夫かと問いたかったのかもしれない。

源兵衛は腰の据わった膂力のある男だが、襲ってくるとき奴らはいつも二人だった。

二人が揃ったときの力は、三樹之助が誰よりもよく知っている。

ただ、今は真っ昼間だという気持ちが、居合わせた者の中にはあった。

「お気をつけて」

五平はそう言った。

ところが源兵衛が草履を突っかけようとしたとき、お久がやって来た。傍にはおナツと冬太郎も立っていた。

「おとっつぁんは、どんなに止めたって行くのかもしれない。でもね……」

お久は、源兵衛に向かって言った。厳しい、覚悟の眼差しをしていた。源兵衛は草履を履くのをやめて、向かい合った。

二人が話をするのは、出るなと止めたお久が、突き飛ばされて以来のことである。

「ここに残されるあたしたちにだって、何が起こるか分からない。おナツや冬太郎が攫われかけたってことは、おとっつぁんだけを相手にしているわけじゃないっていうことだろ。おまけに三樹之助さんまで出て行ったら、あたしたちはどうなるんだよ」

「………」

「悪い奴をとっ捕まえるんだって言うかもしれないけど、そのためには、あたしたちだって危ない目に遭わされているんだ。もういい加減で、岡っ引きなんかやめておくれよ」

源兵衛は、今度は怒鳴ったりしなかった。お久を見詰め返しているばかりである。

「おとっつぁんは、そうやって自分がしたいことを、勝手にしているだけだ。でもおっかさんは、それで死んだんじゃないか」

お久の目にみるみる涙がたまって、顔が歪んだ。おナツと冬太郎が、母親の体にしがみついた。

板の間には客もいたが、物音を立てたり、喋ったりする者は一人もいなかった。身じろぎもせずに、父娘（おやこ）のやり取りを見詰めていた。

三樹之助も、同様である。

「そこまで言うなら、伝通院と上野山下の聞き込みは、それぞれの岡っ引きに頼むことにしようじゃねえか」

源兵衛はそう応えると、板の間に詰めている奉行所の小者に耳打ちをした。

「わかりやした」

三十前後の小者は、夢の湯を出て行った。源兵衛は、二階への段梯子を上がってゆく。男湯の二階は茶や菓子を置いて、湯上がりの客を休ませる場所である。碁盤（ごばん）や将棋盤（しょうぎばん）も置いてあるから、半刻（一時間）以上ねばる者もいる。

源兵衛はここで客の相手をしていることが多かった。

板の間にあった緊張が解けて、客たちは着物を着たり脱いだりし始めた。小声だが、お喋りも始まった。

それにしても源兵衛は、お久の言葉の一部は受け入れたが、岡っ引きをやめてくれという願いについては返答をしなかった。そこは譲れないのだろうか。

頑なな思いが潜んでいる。

「おい、釜場で薪をくべるぞ。手伝え」

おナツと冬太郎は、お久にしがみついたままだった。これでは仕事にならない。お久は女湯で湯汲みをしていた。

「そうだね」

おナツがまず離れて、冬太郎もそれに従った。三樹之助は釜場へ行って、米吉と持ち場を替わってもらった。

昨日から、裏木戸にはいちいち閂を掛けることにした。その脇には、奉行所のもう一人の小者が控えていた。

「ではこの材木を、釜の口まで運んでくれ」

「うん」

三樹之助にしてはどうということのない一本の薪でも、体の小さな子どもにとっては扱いにくいものである。うんうん言いながら運んできた。

一本一本を、釜の中に放り込んでゆく。

「おっかさんは、それで死んだんじゃないか」

今しがた言ったお久の言葉が、三樹之助の中に残っている。思わず口をついて出たのに違いないが、源兵衛の気持ちを動かしたのは確かだった。

三樹之助にしてみれば、初めて聞く話である。

源兵衛に女房がいないことは、ずっと気になっていた。しかし誰に尋ねても、言葉を濁して答えてくれなかった。おナツや冬太郎までがそうだった。

聞いてはいけない話だと、勝手に解釈していたのである。

着物を着ているときには分からないが、源兵衛には胸にも背中にもたくさんの刃物傷がある。これまでの暮らしぶりを伝えてくるものだが、すでにない女房の死に方にも、何かがあるのだと感じた。

「じいちゃんも、三樹之助さんも、行かなくてよかった。行っちゃいそうだったからさ、おいらがおっかさんを呼んできたんだ」

「そうか、冬太郎が呼んだのか」

「うん。だって二人ともいなくなったら、怖いからね」

弟の言葉に、おナツが頷いた。

明るく振る舞おうとしているが、攫われかけた夜のことを、子どもたちは忘れていない。そのことが三樹之助の心を締め付けた。

五

「さあ。皆さん、いっぱいやっていってください」

町木戸の閉まる四つの鐘が鳴って、町回りを済ませてきた豆造らが戻ってくると、お久は酒と煮しめを用意して待っていた。

湯屋はとうに閉まっている。掃除も済ませてあった。

男湯の二階の座敷で、お久は見回ってきた若い衆たちをねぎらった。源兵衛も五平もその席に加わっていた。

「お助け人も一緒じゃねえとな」

三樹之助も相伴（しょうばん）する。だいたい二階の座敷は、三樹之助や米吉など夢の湯の男衆の寝場所でもあった。共に飲むしかないのである。

「なあに、こんなに大勢で見回われたら、どんな奴らだって尻尾（しっぽ）を巻いて逃げていくに決まっていらあな」

そんなことを言う若い衆がいた。

源兵衛に世話になっている者が多いから、こんなときこそ役に立つことを伝えたいのである。

だんだん皆に、酒が回ってゆく。五平は下戸だから、饅頭とお茶で付き合っていた。それでも酔っ払って見えるから不思議だった。

お久は酒を出すと、もう引っ込んでしまった。湯屋は朝が早いから、五平が気を利かせて休ませたのである。何かがあったからといって、休んだり、暖簾をかける刻限を遅くしたりすることはできない。

湯屋の一日は、町の人々の暮らしと共にある。一つの町には、一軒の商いが認められているだけだった。

一人二人と帰っていき、寝込んでしまう者もいて、残って飲んでいる者は少なくなった。源兵衛も「小便だ」と言って階下へ行って、そのまま戻って来なかった。寝てしまったようだ。

「そろそろ引き上げよう」

という声が出たとき、豆造がぼそりと言った。

「そういえば、おトシさんが死んだのも、三笠屋の押し込みがあった年だったたっけなあ」

「ええ、その四月ほど前でしたね。私も思い出しました」

話を受けたのは、酔っていない五平である。他の者は、とろんとした目で豆造と五平を見ている。この二、三年で町へ越して来た者には縁のない話題だ。

「お久さんを産んだだけあって、あの人も口うるさかったが、きっぷのいい人だったなあ。あんなことがなければ、今だって達者でいたはずなんだが」

「豆造さん、それは言いっこなしだよ」

五平はたしなめた。

おトシというのは、源兵衛の女房のことらしい。それほど酔っていない三樹之助は、二人の会話に耳をそばだてた。

「そりゃあそうだが、あんなクズみたいな野郎を庇って、刺されちまったんだからな。お久さんじゃなくったって、悔しいと思うのは当然だろうよ」

豆造は、昼間のお久の言葉を、誰かから聞いたらしかった。

「あれは、やくざ者同士の喧嘩だったかね。肩がぶつかったとかどうとかの、つまらない言い合いがはじまりだった」

「そうそう、どっちにも女がいて、引っ込みがつかなかった。とうとう匕首を抜き合うことになったんでしたね」

いったんはたしなめた五平だが、一緒になって話し始めた。この数日の出来事を思うと、胸にしまっておききれない何かがあったのかもしれない。

それはお久も同様で、だから岡っ引きなんてやめてくれという言葉が出てきたのではないだろうか。

「あの騒ぎのもとになったのは、常吉とかいう町の嫌われ者でしたね。強請やたかり、弱い相手だと見なすと、すぐに因縁をつけたがる」

「だから余所者にもやっちまった。しかし相手は、一回り以上も上手な野郎だった。おれはその場面を、見ていたんだぜ」

豆造は秘密を明かす口調だった。

因縁を吹っかけた相手に、逆に常吉はしこたま殴られ蹴られした。ついに逆上して、匕首を抜いてしまった。相手の肘をかすったのである。相手の男も、それでかっとなった。

やくざ者同士の喧嘩とはいえ、このままいけばどちらかが死ぬ。そういう勢いだった。見ていた者の一人が、夢の湯へ走った。十手を持った源兵衛ならば、このいざこざを収められると判断したからだ。

周囲には人もたくさんいた。とばっちりを喰ってはたまらない。近くの下駄屋と小間物屋は、この騒ぎで店の商品を棚ごとすっ飛ばされていた。

「すぐに源兵衛さんは駆けつけたんだが、その下駄屋と小間物屋は夢の湯の留湯のお客さんだった。おトシさんも様子を見に出たんですな」

「そうだよ。あの余所者が、ちょうど匕首を振り上げたところだった。逆上したあいつらは、親分の言葉なんぞ耳に入らなかった」

豆造は酔いが醒めた顔で言った。茶碗に残っていた酒を、がぶりと飲み込んで続けた。

「常吉は、肩と頬をやられてひいひい言っていた。それでも相手は止めを刺そうとして匕首を振り上げた」

「それに飛び掛かったのが、おトシさんだったわけですね」

「あんなクズみたいな奴を助けるために、おトシさんが刺されちまった」

刺した余所者はすぐに源兵衛に捕らえられた。おトシは戸板に乗せて医者へ運んだが、その日のうちに亡くなった。

「あたしは岡っ引きの女房だからって、よく言っていたっけ」

「そうですね。旦那さんが御用を承ってていなかったら、あんなことはしなかったでしょうがね。身を挺して人を救ったわけですな。でもね、お久さんにしてみれば、気持ちは収まらなかったでしょうね」

「そりゃあそうだろう」

「あんな町の嫌われ者、助からなければよかったんだって。何もおっかさんが身代わりになることはなかったって、そう悔やんでいましたよ」

「お久さんはあれから、ずっと岡っ引きをやめてもらいたいと思っていたんだな」

「まあそうでしょうね」

何かあるとすぐ、源兵衛は夢の湯の商いをほったらかして出かけてしまう。商いのすべてがお久の肩にのしかかってくる。それが気に入らないのだと三樹之助は考えていたが、それだけではなさそうだった。

「おナツちゃんや冬坊が、危ない目に遭った。これだって、旦那さんが岡っ引きなんてやっていなけりゃあ、起こらなかったことだって考えているんだろう」

豆造は空になっている茶碗に、自分で酒を注いだ。五平は冷めた茶を啜った。蚊遣りを焚いているのだが、それでもどこかからぷうんという羽音が聞こえた。

「それで刺した野郎や常吉は、どうなったんだっけ」

「やくざ者同士の喧嘩だとはいったって、罪もない人一人が殺されているわけですからね。刺した男は死罪になりました。常吉も先に匕首を抜いていますからね。あいつがそんなことしなければ、何も起こらなかった」

「ほんとうだな」

「所払いになりました」

「人はたやすくは変わらないからな。行った先で、人に嫌われるようなことを、しているんだろうな」

蚊が、豆造の膝に止まった。ぴちゃんと叩いたが、ぷんと飛んでいってしまった。

「おトシさんの葬儀があった晩ですがね。皆が帰ったあと、旦那さんは台所で一人で酒を飲んでいました」

五平はぼそりと言った。三樹之助にもちらと目を向けた。

「飲まなきゃいらんなかったんだろうな。年中がみがみやられていたけど、夫婦仲が悪かったわけではなかったからな」

「ええ。声は出しませんでしたが、泣いていましたね。あの人が泣いているのを見たのは、あれが最初で最後ですよ」

「そうかい。源兵衛親分も、人間だったってえわけだな」

夜の闇が濃くなっている。豆造は大きなあくびを一つした。

「さあて、帰えろうか」

よろよろと立ち上がった。

六

「源兵衛はいるかい」

翌日の夕刻間際、三つ紋の黒羽織を着た長身の定町廻りがやって来て、番台の五平に声をかけた。南町奉行所の大高錦十郎だと名乗った。

「これは、お世話になっていやす」

源兵衛は丁寧に頭を下げた。襲われた豊岡の代わりに、探索の指図をしている同心だった。四十半ばで、豊岡の先輩にあたる男である。

「伝通院前から、上野山下まで駕籠に乗せたというやくざ者の話だがな」

大高と土地の岡っ引きが、今日の昼過ぎまで聞き込みをしたという。そして駕籠に乗せた人物が、上野山下の地廻りで郷助という者だと分かった。伝通院で別れた浪人者は橋本軍兵衛で、これは地廻りの用心棒だった。

「どちらも人相は悪く、顔も似ていないことはなかったが、別人であった。その二人は、子どもが攫われかけた折には、上野山下の地廻りの家にいた。これは何人もの者が見ているし、島抜けをしてきた者でもなかった」

「そうですかい」

少しは心待ちにしていたのかもしれないが、源兵衛の顔には落胆した様子もなかった。三樹之助は、新しく持ち込まれた引き札を、踏み台に乗って板の間の壁に貼っていた。二人のやり取りはすべて耳に入ってくる。

おナツと冬太郎は、紙に糊をつけて三樹之助に手渡す仕事をしていた。化粧水や黄表紙の宣伝である。古くなったものは剝がしてゆくが、弥蔵と漆原の人相書きはそのままだ。

客はちらほらといるばかり。もう少しすると混み始めてくるころだった。

「それで、他の場所からは何か出てきませんでしたかい」

「十も二十も出てきたさ。もちろん一つ一つ当たってみたが、どう見ても似ていねえものもあったぜ」

大高は苦笑した。

「手掛かりになる話は、なかったってえことですね」

「そうだ。似顔絵は旅籠にも貼らせているから、どこかに立ち寄ればだれかが気がつくはずだがな」

「霊岸島の旅籠を出て、それっきりですね」

他に見かけたのは、舟に乗せた捨吉とこれに河岸から出くわしたお花だけである。

「旅籠には、泊まっていねえというわけだな」

「どこに潜んでいやがるんでしょうか」

「島抜け者だと分かれば、たとえ旅籠に泊まっていなくても、訴えがあるはずだ」

「てえことは、どこかにすべてを承知の上で、匿(かくま)っている者がいるのではないかということになりますね」

源兵衛の言葉は、正鵠(せいこく)を射ていると思われた。庇う者がいなければ、食い物を買いに出なくてはならない。ここから足がつきそうだが、そういう気配もまったくないのである。

「奴らには、昔からの知り合いがあったのか。それとも江戸へ出て来て、知り合った者がいたのか。どうせ、ろくでもないやつらなのだろうが」

「弥蔵は三人兄弟でした。下に弟がいたはずですが、三笠屋の押し込みには関わっていません。それはあの場にいたあっしが、一番よく分かっていやす」

「ではその者は、どうしているのか」

「もう、何年も音沙汰(おとさた)がねえと話していましたね」

「名は、何と言うのだ」

「確か、喜三郎(きさぶろう)だったかと思いやす。もっとも無宿者でしたから、人別(にんべつ)には当たりませんでしたが」

「そいつならば、庇って面倒をみているということはありそうだな」

　大高は、腕組みをして言った。

　一番下の弟は名が分かっているだけで、顔を見たことがある者はどこにもいなかった。源兵衛だけでなく、豊岡も知らない。

「そうなると、こちらから捕らえる手立てがなくなるな。襲ってくるのを、待つことしかできんのか」

　ふうと、大高は溜息を吐いた。

　今でこそ、源兵衛と三樹之助は夢の湯に張り付き、豆造が若い衆を引き連れて町回りをしてくれている。しかしこれを、いつまで続けることができるだろうか。

　いつか緊張が緩むことがある。それを待っているとしたならば、怖ろしいことだった。

　島抜けまでして、源兵衛の命を狙っているのだ。

似顔絵は二人だが、三人目の男がいれば、その者は誰にも怪しまれずに切通町を闊歩できる。夢の湯や町の様子を探って、伝えることができるのだ。

「もっともな、三人目は男とは限らねえぞ。子どもを釜場から連れ出した女がいたからな。そいつはまだ捕らえられていねえ」

大高の言葉に、冬太郎が口を挟んだ。

「おいらさ、あのおばさんの顔を、覚えているよ」

「あたしもだよ」

おナツも声を出した。どちらも話を聞いていたのだ。

「そうか。ならば女の似顔絵も作ることができるな」

真顔で、大高は応じた。

姉弟を連れ出した女の顔は、おナツと冬太郎しか知らない。二人の話では、初めて見る顔だったという。

「ただまったく手立てがねえってえわけじゃ、ありやせんぜ」

子どもたちの話には加わらなかった源兵衛が、口を開いた。今思いついたという言い方ではなかった。

「どういうことだ」

「夜になって、あっしが一人で町回りをするんですよ。提灯を一つ持って」

「なるほど。その方を囮に使って、おびき寄せようというわけだな」

大高は満更ではない顔をした。要所に人を伏せておけば、対処できないわけではなさそうだった。

「だめだよ。そんなことをしたら」

このとき、大きな声を出した者がいた。おナツである。興奮したのか、顔が赤らんでいた。

「襲われて、何をされるか分からないじゃないか。そんな危ないこと、誰だってしちゃあいけないよ」

源兵衛の足にしがみついた。

「いけないよ」

冬太郎は、意味が分かったかどうかは不明である。だが姉の剣幕を見て、同じように祖父の足を摑んだ。

源兵衛は苦い顔をしている。

「居候のおれが、口出しをするのはなんだが」

三樹之助は手に貼りかけの引き札を持ったまま、踏み台から降りた。

「弥蔵と漆原が二人揃ったときの攻めは、半端ではないぞ。少しでも捕り方が遅れたならば、とんでもないことになる。やめたほうがよいな。豊岡殿があれで済んだのは、並々ならぬ腕前があったからだ」

はっきり言ったのは、源兵衛の身を案じたからである。もちろんおナツの気持ちも、そのままにはしたくなかった。

「ですがね、他に手立てがありやすかい」

源兵衛も粘った。

「今のところはないな。しかし他にもいい知恵が浮かぶやもしれぬ。それにな、向こうだって囮と気づいて、寄っては来ぬのではないか」

「うん。この御仁（ごじん）の言う通りかもしれねえな」

大高があっさりと引いた。頭の巡りがいい男のようだ。

「それにな、向こうだってそう長引かせたくはないであろう。源兵衛に恨みを持っているのは、弥蔵だけだ。どのような下心があるかは知らぬが、漆原は助勢をしているに過ぎない。だとすれば、長引けば飽（あ）いてくるだけだ」

「分かりやした」

源兵衛はしぶしぶ頷いた。

「よかった、ありがとう」

しがみついていたおナツが、源兵衛の体に顔を押し付けた。

七

「今日も暑かったねえ」

「ほんと。いつになったら、しのぎやすくなるのか」

しまい湯に近い刻限。長かった日差しも落ちてしばらくしたころ、客が駆け込んできた。夏の湯は少々ぬるくなっても、風邪を引くわけではないから入れる。馴染みの客だった。

四半刻前までは、結構混んでいた。

壁にしつらえられた衣装棚はいっぱいになり、板の間の隅に重ねてある籠もたくさん使った。使ったら元に戻すのが普通だが、そのままにして帰ってしまう客も少なくない。

これを元に戻すのは、おナツと冬太郎の仕事である。

「えれえな、坊」

仕事をしたあとで褒められるのは誰でも嬉しい。冬太郎は相好を崩す。だが大きな物音がしたり乱暴な言葉遣いをする客が来たりすると、びくりとする。それはおナツも同じだった。

そういうとき三樹之助は、小さな頭に手を乗せてやる。案ずるなという意味をこめて笑顔を向けた。

御府内(ごふない)各所に貼った似顔絵によって得られた報は、大高が手先を使って洗わせている。これはというものがあると、大高がじかに当たる。だがこれといった手掛かりは摑めていなかった。豆造は、今日も若い衆を引き連れて、町内の見回りをしてくれていた。

「声をかけて、嫌がる奴なんていやせんぜ」

豆造は煙管職人だが、自分の仕事が手につかないのではないかと気になるくらい、よく動いてくれている。

夢の湯に不穏な気配があることは、町の人たちは皆知っている。しかし入浴に来る客の数は減ることもなく、青物屋の女房は茄子(なす)と南瓜(かぼちゃ)を持ってきてくれ、魚屋は生きがいいと言って大きな真子鰈(まこがれい)を持ってきてくれた。

「ありがたいことです」

五平は板の間の客を見回しながら呟いた。

捨吉が湯から上がってきた。着物を着ているとほとんど目立たないが、筋肉のついた力強い体をしている。船頭稼業だから荷や客の都合によって、夢の湯へ来る刻限が変わる。今日はそろそろ暖簾をおろそうかというころになっていた。

やって来たときは仕事着だったが、湯上がりはさっぱりした浴衣を身につけていた。

「どこかへ出かけるの」

目ざとい冬太郎が、声をかけていた。春米屋の女房おヨネが女湯で出産をしたときから、捨吉とは話をするようになった。

「湯から上がったら、汗臭せえものは着たくないからな」

そんな返事をしていた。三樹之助と目が合うと、ぺこりと頭を下げた。相変わらず、他の客とは一言も話をせずに出て行った。

三樹之助は暖簾を入れるために、少し遅れて外へ出た。すると若い男と女の話し声が聞こえた。見ると捨吉とお花だった。二人の後ろ姿が、並んで歩いてゆく。

そういえば、お花も湯に入りに来ていた。湯汲みをしたときに、顔を見た。向こうの方が早く出たはずだから、通りで待っていたものと思われた。

お花も、さっぱりとした浴衣を着ていた。

「そうか」

得心がいった。三樹之助は、その後ろ姿を見送った。嫌な話ばかりだったから、少しほっとした。羨(うらや)ましい気持ちもあった。亡くなった美乃里と示し合わせて、二人で出かけたときのことを思い出した。

お花が、何かしきりに話しかけていた。その横顔が見えた。捨吉は前を向いたままである。もちろん話し声はここまで聞こえない。

「はて」

様子を見ていて、三樹之助は腑に落ちないものを感じた。捨吉の方が、つれない感じがしたのである。先日上野山下で見かけたときとは、二人の持つ雰囲気に微妙な違いがあった。

お花の話しぶりがどこか必死に見えて、楽しそうではなかったからである。眺めていて気になった。

次の日も、同じような一日が続いた。

「ひと雨降ってくれると、ずいぶん過ごしやすくなるんだけどねえ」

青物屋の女房は、ひとしきり愚痴をこぼしていった。

三樹之助はどんなに暑くても、毎日剣術の稽古は欠かさない。裏手の釜場の前の薪置き場で、木刀をふるった。

近頃の稽古では、漆原と弥蔵の二人を対戦相手にした、体の動きと刀の振りを工夫していた。先日闘った場面を思い起こし、また新たな状況を想定しての稽古である。

脇腹の傷は浅手だったこともあって、ほとんど気にならなかった。

おナツと冬太郎は、その稽古振りをじっと見詰めている。木刀を納めると、乾いた手拭いを持ってきてくれた。

炎天下の釜場前である。汗は滝のように噴き出している。

水を被ると気持ちよかった。冬太郎も裸になって、一緒に水浴びをした。

夕刻、三樹之助は夢の湯前の道に水をまいた。まいてもまいても、地べたはすぐに乾いてしまう。

そこへお花がやって来た。いつもよりもだいぶ早い刻限だった。俯き加減で、考え事をしている気配だった。

昨夜のことがあったから、三樹之助は声をかけた。

「早いな、もうお産はすんだのか」

こちらから捨吉のことは聞けないので、当たり障（さわ）りのないことを口にした。

「はい。今日は、ありませんでした」

声をかけられるまで、お花は三樹之助に気づかなかったようで、驚いた顔をして答えた。

「元気がないな。何かしくじりでもしたのか」

あえて明るく問いかけた。もっと気の利いたことを言いたかったが、頭に浮かばなかった。

「いいえ、そんなことはありませんよ。でも……」

何か言いかけようとして、言葉を呑み込んだ。

言いたくないことなら、何も応えなくていいと三樹之助は考えている。自分だって、深川の屋敷を飛び出してきた身の上だった。

人は悩み事があっても、誰にでも聞いてもらいたいわけではない。そのことは、分かっているつもりである。

お花は、暖簾を分けて夢の湯に入って行こうとした。けれども暖簾に手をかけたところで中には入らず、三樹之助の傍まで寄ってきた。

「私、また嫌われちまったらしいんです」

笑みを浮かべたつもりらしかったが、半べその顔になっていた。

「相手は、捨吉だな」

そう言うと、お花は驚きに恥じらいの加わった顔をした。なぜ相手を知っているのかと問いかけている。

「昨夜、暖簾をしまったときに、二人の後ろ姿を見たのだ」

応えると、「ああ」という納得をした顔になった。ひどく寂しげだった。

「もう、終わったということか」

「そうじゃないんですけどね。あの人、急に様子が変わってしまって。何だか、他のことを考えていたり、変によそよそしくなったり」

「優しくなくなったわけだな」

お花はこの問いには、僅かに考えるふうを見せた。

「いえ、ちょっと違います。優しくはしてくれるんです、とても。でもあの人、私と別れようとしています」

「いつからだ」

「一昨日(おとつい)に会ったときからです。いきなりでした。昨夜はだから、私がむりやり誘ったんです。浴衣を着て、山下へ行こうって」

言ってから、あらっと我に返った顔になった。

「私は、何を言っているんでしょう。こんなつまらないこと」

慌てている。話す必要のないことを口にしてしまった、という後悔が全身から表れていた。

「ごめんなさい」

頭を下げると、暖簾を分けて中へ入っていった。

捨吉の心変わりが、胸の内を占めていた。そこへ図星を指されて、つい言わなくてもいいことを漏らしてしまったようである。

好いた男の心の変化に、女が気づかないわけがない。捨吉に何かがあったことは、確かだと思われた。

ただ優しさは変わらないという。そこらへんの機微が、三樹之助には納得のいかないことだった。女への思いが変われば、男の態度もそれに応じて変わるのではないか。そういう気がするのである。

お花にはかつて、祝言の日取りまで決まった相手がいた。しかし三笠屋の一件で、相手は掌を返したように去っていったと聞いている。

捨吉の様子は、これとは違う。そこにお花の混乱があるのではないか。三樹之助はそう考えた。

「ねえ、何をぼんやりしているの」

おナツに声をかけられた。

八

蜩のカナカナという鳴き声が、旗本屋敷の土塀の向こうから聞こえた。樹木の間を抜けてくる西日が、二人の女の端整な横顔を照らしている。

風で樹木が動くたびに、日の光は黄色く小さく輝いて揺れた。

「ずいぶん、手間がかかってしまいましたね」

「はい。ですがお琴の稽古のおさらいができましたのは、何よりでございます」

二人は武家の主従である。主人が二十代前半で、従っているのは五十がらみの侍女だ。どちらも背筋を伸ばして歩き、面差しが高慢そうに見えた。

行き交った中間者が、若い方の女に好奇の眼差しを送った。目が合ったが、すぐに中間者が目線をそらせた。気後れした気配だった。幅広の道だが、中間者が行ってしまうと人の気配はなくなった。

足音と、蜩の音が響くばかりだ。

主従は志保とお半である。

琴の稽古を済ませ、これから湯島の夢の湯へ向かうところであった。駕籠は、すでに帰してしまっていた。

「どうして夢の湯へ参るときは、駕籠を帰しておしまいになるのですか」

お半が聞いた。前回は、子どもらを交えて上野山下で遊ぶことになったが、あのときも駕籠は途中で帰している。

「さあ、どうしてでしょうね」

志保は、含み笑いを一つしてから言った。答えにはなっていない。

お半は、風呂敷に包んだ湯桶二つを胸の前で抱えていた。夢の湯へ置いておくために、作らせたのである。ということは、これからも通おうという腹に違いなかった。

「それにしても、姫様が下々の使う湯を、お好みになるとは思いもしませんでした」

「でも、入ってみれば、心地がいい」

「それはそうでございますが」

初めは、誰が使ったか知れぬ湯には入れないと息巻いていたお半である。しかし志保が入りたいと言えば、供をしないわけにはいかなかった。では、それが不満かというと、そうでもなさそうだ。

なんだかんだと文句を言っても、湯に入ること自体は嫌いではないのである。

「三樹之助どのも、あんなところにお住まいになって、何を考えておいでなのでしょうね。せっかくの縁談(はなし)をそのままにして、まったく無礼なことではございませぬか」

腹に据えかねているといった言い方だった。

「それにですね、姫様がいらっしゃっても、ご挨拶にもおいでにならない。ご大身の酒井家を、軽く見ているとしか思えませぬ」

許せぬという響きさえこもっていた。

志保はいっさい返事をしない。しかし黙れとも言わずにしゃべらせている。

「しかもですよ、よりによって湯汲みや釜焚きをなさっているとか。家禄七百石の旗本のご子息が、中間以下の仕事をしておいでです」

一度しゃべりだすと、お半の話はちょっとやそっとでは止まらない。しかもこの話は、もう何度もしている内容だった。

志保の父親で酒井家当主の織部には、三樹之助の居場所を知っていながら伝えていない。縁談を断ることもせず、密かに夢の湯へ通っている。

お半にしてみれば、そんな志保のやりように、口には出さないが不満を感じている気配があった。

物心ついたころから、志保の守役として酒井家に奉公してきた身の上である。

「姫様には、それに相応しい殿方をお迎えしなくてはなりませぬ」

口癖のように言っていた。酒井家には男子がいないので、志保が婿を取らなくてはならないのは、とうに分かっていることだった。

二人目の婿として、縁戚関係にある小笠原家から三樹之助の名が上がってきた。奉公人として覆すことなどできるわけもない。しかし前から、三樹之助については、好意的な発言をすることは一度もなかったお半である。

「私は、姫様のおためならば、どのようなことでもいたします」

もう一つの口癖がこれだった。

正面から、人の姿が現れた。ぞろりと身につけた着流し。刀は落とし差しで、柄に軽く肘をかけている。日焼けした赤黒い顔。全身から発せられる荒んだ気。浪人者だった。

さすがのお半が息を呑んだ。

「姫様」

緊張した声が、小さく響いた。

「だいじょうぶ。うろたえてはなりません」

志保が応じた。そして振り向いた。場合によっては、来た道を戻ってもよいと考えたものと思われる。ところがうしろには、やはり赤黒く日焼けしたやくざ者のような男が、道の真ん中を歩いてきていた。通りには、他に人はいなかった。旗本屋敷の白壁が続くばかりである。

「このまま、通り過ぎましょう」

志保は肚を決めた顔で言った。気の強さが、ここにも表れ出ている。

「はい」

お半の方が、微かに震えていた。通り過ぎてさえしまえば、どうということもない通行人である。

浪人者は、女二人の前にくると立ち止まった。二間ほどの距離のところである。通り過ぎようとするのを止めた形だった。

「お通しなされ。こちらをどなたと心得る」

震える足を踏みしめながら、お半が半歩前に出た。やくざ者とはいえ、後ろにも人がいる。そういう気持ちもあったようだ。

「どこかの、ご大身の姫様だろ。それがどうした」

冷たい響きの声だった。投げやりにも聞こえる。

お半は慌てて振り返った。目が助けを求めていた。しかしすぐに、それは失望に変わった。

背後にいたやくざ者も立ち止まって、退くのを止める形で立っていた。しかも口元には嗤いを浮かべている。

浪人とやくざ者はぐるだと、志保にもお半にも伝わった。

「無礼なことをすると、ただでは済みませぬぞ。こちらさまはな」

「うるせえ、婆あ。がたがた言うんじゃねえ」

怒鳴りつけたのは、浪人者である。お半は、びくっと体を震わせた。

「婆あに用はねえ。用があるのは、姫様の方だ。おれたちに、付き合ってもらうぜ」

浪人者は間を縮めた。呼応するように、背後のやくざ者も間を詰めた。

「嫌だと言ったら」

志保が初めて、声を出した。

「少しばかり、手荒なまねをさせてもらう」

「許しませぬ。そのようなこと」

お半が、己の体で志保を庇った。白かった顔が青くなっている。

それを面白がるように、嗤いを浮かべた浪人者は前に出てくる。刀の柄に片肘を載せた、だらしのない恰好のままである。

「さがれっ。下郎」

お半の絶叫である。手にしていた風呂敷包みの桶を投げつけた。だがそれを浪人者はいとも容易くかわしてしまった。

「姫様お逃げください。わたくしが」

泣き声になっていた。

「婆あ、これ以上騒ぐと、生きてはいられねえぞ」

浪人者が腕を摑むと、足をかけて引き倒した。お半はもんどりを打って前に転がった。したたか背中を打っているはずである。目を白黒させていた。呻き声も出なかった。

「何をする」

志保の声は気丈だった。懐にあった懐剣(かいけん)を抜いている。身構えて、二人の狼藉者(ろうぜきもの)へ交互に目をやった。

すでに相手は、手を伸ばせば届く位置に来ていた。

「おのれっ」

志保が懐剣を突き出した。意外に鋭い一撃だった。浪人者の喉元に向けられている。

だが幾多の修羅場を潜り抜けてきた獣には通用しなかった。

寸刻のあとには、懐剣は空を飛んでいた。腕を捻られている。そこへ走り寄ったやくざ者が当身を喰らわせた。志保の体から、力が抜けていった。

浪人者が、志保の体を肩に担ぎ上げた。軽々とした動きだった。

けれどもそのとき、足に絡みついたものがあった。地べたに転がされていたお半が、遮二無二しがみついていたのである。

「離しやがれ」

力任せに足を振ったが、離れなかった。

「姫様を、姫様を」

瘧にかかったように全身を痙攣させながら、両手両足を絡めている。目を剝いて、口から泡を吹いていた。

「このあま」

やくざ者が近づいて、頰を殴りつけた。それでも離れない。ひいという甲高い悲鳴を上げただけだった。

浪人者は足を振り、やくざ者はそれに合わせてお半の片腕を剝がした。そのときお半の指がばきっと音を立てた。

片腕が剝がれたあとは早かった。腕から肩を摑まれて、一気に剝がされた。

「わあっ」

絶叫が響いたが、下腹に当身を入れられると気を失ってしまった。やくざ者はその体を、道端にある樹木の根方へ蹴飛ばした。

「行くぞ」

薄闇が這い始めた武家地の道を、志保の体を担った狼藉者が走り去って行く。残されたお半の体は、ぴくりとも動かなかった。

第四章　構えた刃先

一

江戸の湯屋には、どこも男湯にだけ二階座敷があった。板の間にある幅広の段梯子を上がると、高欄付（こうらんつき）の大広間があり、出窓からは往来を見下ろすことができた。

夢の湯でも、この二階座敷を利用する者は少なくなかった。たいていは源兵衛が控えていた。

段梯子を上がった先に、白湯（さゆ）をたぎらせた釜が置いてある。客がやってくると源兵衛は茶を淹（い）れて出した。この茶代は八文で、このとき受け取る。これが場所代ということになった。駄菓子や羊羹（ようかん）などを売り、爪切りや鋏、櫛、碁盤、将棋盤などを貸し出した。

利用するのは、常連の客とは限らない。夏の湯上がりに、茶でものんびり飲みたいと考えるのは、一見の客でも同じだ。

ただ源兵衛は五平と違って愛想はからきしである。前からの客は慣れているから気にしないが、初めての客は驚くようだ。

小金のある贅沢者は、二階にある衣装戸棚を使って湯に入った。これは月ごとに別の代を払っていて、専用である。他の者は使うことができなかった。

初めに八文の茶代を払いさえすれば、別に菓子などを買わなくてもいつまでもいられる。へたな茶店で休むよりはよほど割安だったから、利用者が多いのも頷ける。

切通町の様々な人の動きや近隣の町の噂が、居ながらにして耳に入ってきた。岡っ引きの源兵衛には、都合がいい仕事場といえた。

壁には板の間と同様、寄席や売薬、料理屋の名を記した宣伝の引き札が所狭しと貼ってある。この広間は、客の少ない午前中など、碁や生け花の師匠が稽古の席として借りることもよくあった。

暮れ六つの鐘が鳴っても、夏のうちはなかなか客が帰らない。開け放した窓から、裏長屋にいるよりははるかに涼しい風が入ってくるので、過ごしやすいのである。独り者ならば、暑苦しい部屋になど戻らず、顔見知りと囲碁将棋やおしゃべりに興じている方が楽しいのだ。

それでも二人三人と帰ってゆくが、また次の客が上がってきた。

部屋が広いので、行灯の明かりは四つつけてある。その一つで、へぼ将棋に興じている人足ふうがいた。それを野次馬が囲んで、ああでもないこうでもないと囃し立てていた。

この中に、別に声を立てるわけではないが、捨吉も交じって見物していた。これはめったにないことである。

「それにしてもよ。おナツちゃんや冬坊を攫おうとした奴らだけどよ。こんなに人が大勢いたら、夢の湯を襲うことなんてできっこねえな」

誰かが言い出した。

「そうだそうだ。豆造さんたちが見回りもしているし、とてもじゃねえが襲っちゃあこられねえ。尻尾を巻いて逃げてゆくしかできねえだろうよ」

「ああ。その証拠に、あれっきり何にも起こらねえ。あいつらあきらめたんだぜ。ねえ、親分」

声をかけられた源兵衛はちらと顔を向けたが、返事はしなかった。客たちは気にせず、おしゃべりを続けてゆく。

「おい、おめえ何をしていやがるんだ」

頓狂な声が上がった。ひときわ声のでかい、中年の大工職人である。

「この野郎、女湯を覗いていやがった」

他の声が続いた。

「何だと」

それまでてんでに勝手なことをしていた客たちの眼差しが、一ヶ所に集まった。これは若い者も年寄りも区別がなかった。

「どいつだ、そんなことをしやがったのは。許さねえぞ」

「こいつだ、こいつだ」

頭を叩く音が、三つ四つ聞こえた。

「む、無茶なことは、やめてくれ」

「ふざけるな、てめえがとんでもねえことを、しやがったんだ」

前に押し出されたのは、二十歳前後の浅蜊の振り売りである。赤く腫れた額に瘤ができていた。顔を歪めている。

「いったい、どうやって覗いたんだ」

そう聞いた者がいた。

「ここの壁際の畳によ、格子がはめ込んであるんだ。分かるか」

「おお、あるな」

「こいつをはずすとよ」

階下の板の間を覗けるようになっていた。上からだから、当然女湯も覗ける。下から明かりが漏れてきた。女の話し声も聞こえる。

「ほんとうだ、おい覗けるぞ」

「どけどけ、おれにも見せろ」

男たちがその場に殺到した。体が重なって、今にも取っ組み合いが始まらんばかりだった。

「痛てえ。押すんじゃねえ」

下になった者は、手足をばたつかせながら悲鳴を上げた。

初めに覗いていた浅蜊の振り売りは、放り出された恰好である。この隙に、段梯子から下へ逃げ出してしまった。

「やめねえか、おめえら。みっともねえ」

とうとう、源兵衛の一喝（いっかつ）が部屋の中に轟（とどろ）いた。迫力のある声だった。騒いでいた男たちが、しゅんとなった。

それぞれもといた場所へ戻っていった。一様に苦笑いを浮かべている。源兵衛は開いたままの隙間に格子をはめ込んだ。これで階下は見えなくなった。その上に使われていなかった碁盤を置いた。

「動かすんじゃねえぞ」

逆らう者はいなかった。何人か、物足らなそうな顔をしただけである。

「さあ、帰ろうか」

将棋を切り上げた男たちが立ち上がった。覗き見男を発見した大工職人も、帰っていった。

新しい客が入ってきた。乾物屋の主人である。この男は留湯の客であると同時に、二階に専用の衣装戸棚を持っていた。夢の湯にしてみれば、飛び切りの顧客だ。

「おや、何か入っていますよ。なんだいこれは」

人の戸棚に図々(ずうずう)しく入れてと、いかにも不満顔である。中には小ぶりな風呂敷包みが入っていた。

周囲の者は棚の中を一応覗いてみたが、自分のものではないと知ると、あとは取り合わなかった。

「親分さん。預かってもらいましょう」

源兵衛のところへ持ってきた。仕方がなく受け取ると、中味は草履の片方だと、触った感じで分かった。大きさからすれば、女物である。

何のために、そんなものを他人の衣裳戸棚に入れたのか、見当もつかない。昨日はなかったので、誰かが今日になって入れたことになる。

源兵衛は昼過ぎから二階にいたが、席をはずしたこともあった。また見張っているわけでもない。客が来れば茶を淹れ、菓子などを売った。

風呂敷包みには気がつかなかった。

「誰の持ち物か、知っているかい」

二階にいる者たちに声をかけた。だがみな首を横に振るばかりだった。将棋を指し始めた捨吉と古着屋の番頭も、何事だという顔をしている。

「開いてみたらどうですかい。どうせ誰かの悪戯（いたずら）なんでしょうから」

こう言った者がいた。

それもそうだと考えた源兵衛は、風呂敷の結び目を解いた。すると中から、予想していた通り、草履が片方出てきた。

「ほう。これは」

周囲にいた者たちは、一様に嘆息を漏らした。下に土がついているが、極め付きの上物だった。

「若向きだな。こんな草履を履いているのは、このへんにはいねえぞ」

そして鼻緒には、結び文が付けられていた。「源兵衛殿」と小さな文字が書かれている。

源兵衛は、急いでこの紙片を鼻緒から取りはずした。

二

湯汲みをしていた三樹之助は、源兵衛に声をかけられた。裏手の台所へ来てくれと言われたのである。

「何だろうね」

おナツや冬太郎もついてきた。台所では、お久が晩飯の支度を終えたところらしかった。

「これを見てもらいやしょう」

源兵衛が差し出したのは、女物の草履の片割れである。見ただけで分かる上物だったが、こういう草履を履く者は身の回りには一人もいないなと考えてから、いや一人だけいたと思い当たった。

　そのとき、おナツが声を上げた。

「これは、志保さまの草履だよ。あたし覚えている」

「そうだよ、これは志保さまのだ」

　冬太郎も声を揃えた。間違いなさそうだった。三樹之助の胸に、不吉なものが過った。

「これを、読んでもらいましょう」

　源兵衛は紙片を差し出した。

『酒井家の姫、志保どのをお預かりいたし候。取り返したくば、源兵衛一人にて十両を持ち、五つに崩橋の行徳河岸ぎわへ来られたし。酒井家や町奉行所へ届けることは無用。一人でも他の者がいた場合は、志保どのの命は頂戴いたすべく候』

　読み終えると、三樹之助の心の臓が一気に熱くなった。

「大家の姫を攫って、おれを呼び出そうという腹だ。十両とあるが、金だけが目当てじゃあ、あるめえ」

　源兵衛は言った。志保の草履がある以上、攫われたのは明らかである。本当に金が欲しかったら、酒井屋敷へ文を出す。弥蔵と漆原の犯行だと断定した。

「夢の湯へ押し込むことをあきらめて、別の手立てを考えたのであろうな」

三樹之助は、思ったことを口にした。

「何者か、使いの者が、二階の衣裳戸棚に押し込んでいったってえわけで。運んできた奴が捕らえられては、面倒だと考えたんでしょうよ」

「誰かは、分からぬのか」

「無理ですね。一見のお客も、二階の座敷は使っていますからね。昼過ぎからだって、大勢いやす。一人一人当たることは、できやせんよ」

志保は、湯屋のお助け人と呼ばれている三樹之助に関わる特別な客である。源兵衛がそのままにすることはないと、弥蔵たちは考えたのであろう。

志保がいつどこで攫われたのかは、見当もつかないことだった。いつも一緒にいるお半のことは、何も書かれていない。これもどうなったか、気にかかるところだった。

「それで、どうするつもりだ」

三樹之助は問いかけた。おナツと冬太郎が、緊張の眼差しで見上げていた。晩飯の用意を済ませたお久も、傍(かたわ)らに来ている。話を聞いていたのだ。何も言わずに、源兵衛を見詰めていた。

「行くしか、ねえでしょう」

「一人でか」

「そう書いてありやす。言うとおりにしねえと、やつらは姫様を本当に殺しかねねえですぜ」

源兵衛の言うことは、大げさだとは思えなかった。冬太郎が、ごくりと生唾を呑み込んだ。

「十両は、あるのか」

酒井家ならばともかく、これは大金である。そう容易くは用意できないのではないか。

「何とかなるでしょう。それに、急がなくてはなりやせん」

源兵衛の言うことは、もっともだった。今は六つ半（午後七時）を過ぎたあたりである。指定してきた行徳河岸は日本橋小網町三丁目、日本橋川に面した場所である。山谷船の船宿が並んでいる。

半刻で、そこまで行かなくてはならない。湯島から行くには、もう時間のゆとりはなかった。すぐにも出たいところである。

「おい。金はなんとかなるか」

源兵衛は、お久に声をかけた。お久は二呼吸ほどの間、返事をしなかった。何があっても行くなと言うだろうと、三樹之助は考えた。この前も、大騒ぎになっている。ならばどうするかは決まっていた。自分一人でも行って、志保を救い出すつもりだった。

もとをただせば、志保は自分がいる夢の湯を訪ねてきたのである。奴らはどこかで、それに気づいたのだ。屋敷の前で、待ち伏せしてつけたのかもしれない。

「集めてみるよ」

覚悟を決めた様子で、お久は言った。これは三樹之助にしてみれば、仰天だった。弾かれたように、自分の部屋へ駆けて行った。そして小さな壺(つぼ)を持ってきた。逆さにすると、数枚の小判と小粒、銭が出てきた。

これを数えると、八両二分ほどあった。

「番台にあるのも持ってこよう」

お久はまた駆けた。そして銭箱ごともってきた。それを足しても、まだ十両にならなかった。

「あとは、おれが持っている」

源兵衛が、懐から財布を取り出した。中味を加えると、ようやく必要な額になった。巾着(きんちゃく)に入れると、けっこうな嵩と重さだった。

「おれも行くぞ」

銭を懐に押し込んだ源兵衛に、三樹之助は言った。

「いや、向こうの言うとおりにいたしやす」

この言葉で、源兵衛の胸中がうかがえた。自分はどうなっても、志保だけは救おうという気持ちである。

「無駄だな、それは。向こうはたとえ一人で行っても、志保どのを返したりはしないだろう」

「そうかも、しれやせんね」

三樹之助の言うことを否定しなかった。自分でもそうだと納得したのに違いない。

「おれも、充分に間を取ってついてゆく。向こうでも、何かが起こるまでどこかに潜んでいよう」

三樹之助は言った。行徳河岸ならば、深夜になっても舟の出入りがあった。明かりがあるということなので、慎重に動かなくてはならない。

「では、そうしよう」

源兵衛の返答は待たず、決めつけた。

話しているうちに、おナツと冬太郎が三樹之助の着物と刀を運んできた。湯汲みをしていたので下帯一つの姿だった。

「気が利くな」

褒めてやったが、姉弟は嬉しそうな顔をしなかった。三樹之助は、手早く着物を身につけた。

「ちょっと待って」

出ようとすると、お久が神棚から火打石（ひうちいし）を持ってきた。源兵衛の頭の上で打って、火花を散らした。

「あなたにも」

三樹之助の頭にも、同じことをした。

お久の顔がきりりとしていて、妙に美しかった。


源兵衛は、男湯の出入り口から外へ出た。脇目も振らずに夜の道を歩いていった。手には夢の湯と墨書（ぼくしょ）してある提灯をぶら下げている。

三樹之助は、まず裏木戸から路地へ出た。路地に身を潜めたまま、表通りを源兵衛が歩いてゆく姿を見送った。

そして周囲にいる一人一人に目をとめた。

見張っている者、つけていこうとする者がいないか確かめたのである。男女の区別はしなかった。奴らの仲間に、女がいることは充分に考えられた。

人通りは多いとはいえないが、少ないともいえなかった。酔っ払いや涼を求めて外へ出てきたという風情の人の姿もあった。屋台の田楽屋で酒を飲んでいる者もいる。

夢の湯の二階から、客たちの笑い声が聞こえてきた。

源兵衛の姿が闇の奥に消えても、三樹之助は路地に潜んで人の動きに注意を払っていた。けれどもつけて行こうとする者も、見張っていたとおぼしい者の姿も、通りにいる者の中には感じられなかった。

三樹之助はそこでようやく、路地を出た。しかし軒下の明かりの射さない場所を選んで歩いた。念を入れたのである。

もちろん提灯など持ってはいなかった。

行徳河岸までの道筋は、話し合っている。源兵衛は神田川まで出て舟を拾う。三樹之助は陸路を急ぐことになっていた。

切通町では見張っている者の気配はなかったが、指定されている行徳河岸では分からない。源兵衛が行ったからといって、十両渡して素直に志保を返してよこすわけがなかった。

どこかへ場所を移すことになるのは必定だ。そこまでついてゆくことができなければ、自分が行く意味はなかった。

できなければ、源兵衛も志保も命を失う。居丈高(いたけだか)な女でも、そのような目に遭ってよいわけがなかった。

酒井家の姫だから、守ろうとするのではない。

三

三樹之助が軒下の暗がりを利用して夢の湯から離れて行ったとき、湯上がりのお花は、ちょうど浴衣を着終わったところだった。

汗が引くのに少し手間取った。明日はお産で夜明かしになりそうな気配があった。だから今日は、湯に入りたいと考えていた。

昨日は、捨吉と示し合わせて夢の湯へやって来た。捨吉の自分への気持ちが、明らかに変わった思いがして、それは衝撃だった。

それ以来、逢っていない。

一月も前ならば、すれ違っても挨拶もしなかった。それが今では、たとえ一日でも顔を見ないと落ち着かなくなっていた。

　今すぐにでも、あの人の住まいまで走っていきたい。そういう気持ちを、どうにか抑えている。

　捨吉は、夜間暴漢からいたずらされそうになったところを助けてくれただけではない。夢の湯の板の間で、舂米屋のおヨネのお産に遭遇（そうぐう）した。自信があって取り上げたわけではなかった。気丈に振舞ったつもりだが、心の中は不安でいっぱいだった。

　あのとき捨吉は男湯の板の間にいた。赤子が無事生まれるのを待っていたのである。そして後に会ったときに、自分がしたことを褒めてくれた。

　不運に遭って両親を亡くしたが、その辛さに潰されまいとして必死で生きてきた。そういうこれまでの四年間の暮らしを認められ、慰めてもらった気がした。

　捨吉を伴侶（はんりょ）にして、支えあい励まし合ってこれからの日々を過ごしていけたら、どれほど素晴らしいことだろう。

　昨日、捨吉と上野山下へ出かけた。その前日に出かける約束をしたが、そのとき初めて手を握られた。嬉しかった。お花は、それまで話せなかった四年前からの自分の暮らしについて、すべてを伝えた。

　聞き終えた捨吉は、とても驚いた様子だった。こちらを見る眼差しには明らかな困惑があったが、それだけではなく憐憫と情愛を感じた。

ただ捨吉が変わったと感じるのは、それ以降である。どこかにこちらを避けようとする気配がうかがわれるようになったのだ。もちろんあからさまなそれであれば、嫌われたのだとあきらめることができる。

自分を捨てていった許婚がそうだった。

けれども四年前の許婚と違うのは、それでも捨吉は優しくしてくれるし、こちらの気持ちを汲み取ろうとしてくれているのを感じるからである。

心の中に、いったい何があるのか。

捨吉は仕事や今の暮らしの話はするが、昔のことはほとんど言わない。尋ねると暗い顔付きになる。それはお花にとっても楽しい話ではなかったから、深く聞くことはしなかった。

もっと心が繋がったら、いつか話してくれるだろうと考えた。

しかし……。このまま聞くこともできないうちに、二人の間は終わってしまうのか。

そう思うと、ひどく寂しかった。

「ありがとうございい」

女湯の板の間から土間へ降りると、番台から五平が声をかけてくれた。

夢の湯の裏側で、何かが起こっている。そういう目で見れば五平の顔色の変化に気づくはずだが、ほとんどの客はそのまま通り過ぎた。

お花もそうだった。ほんの少し前に、男湯から客が出ていったのが分かっただけだ。通りに出て、湯屋から離れていく男の後ろ姿を見た。

「まあ」

見間違えるわけがなかった。捨吉だったのである。黒っぽい着物を着ていた。手に提灯を持っている。

逢いたいと思っていたところだから、呼びかける声が喉元から出かかった。だがそれができなかった。

捨吉は急ぎ足だった。しかも歩いて行く方向が、住まいがあるところとは異なっていた。

「どこへ行くのだろう」

六つ半をだいぶ過ぎた刻限である。

お花は、しばらく捨吉の後ろ姿を見送った。

いつもと違う。

何かを決意している者の後ろ姿だった。

じっと見ていると、本当に自分から離れて、闇の中へ消えていってしまいそうで怖かった。

「このまま見過ごしてしまったら、もう二度と会えなくなってしまうのではないか」

胸の中に、そういう呟きが起こった。するとその言葉につられて、お花は歩き始めていた。

捨吉のあとを、つけたのである。

後ろ姿は足早だが、楽しそうには見えない。他に好いた人がいるのではないかとも考えたが、そういう人を訪ねるために歩いているのとは違うと思った。

またもしそうだったら、すっぱりと捨吉のことはあきらめようと肚を決めた。

町家から、武家地に入った。町明かりが消えて、人気は皆無になった。数間先に提灯の明かりが一つあるきりだった。

梟(ふくろう)の鳴き声が聞こえる。月明かりが、旗本屋敷の白塀(しろべい)を青白く照らしていた。

普段なら夜の武家地など、とても一人では歩けない。しかし今夜のお花は、恐怖を感じなかった。

捨吉がどこへ行き、何をするのか。

知りたかった。

胸のうちにあるのはそれだけだった。

　この道は、昼間ならば何度も通っている。そのまま行けば、神田川へ出る。神田明神下をへて、昌平橋のあたりに出る。

　町明かりが、再び見え始めた。川向こうの八つ小路には、昼間さながらの明かりが灯っている。喧騒が響いてきた。まだ五つにはならない刻限だから、江戸でも指折りの繁華街は、人で賑わっている。

　武家地から町家へ出ると、さらに人の通りも増えてきた。

　昌平橋の袂へ出た捨吉は橋を渡らず、袂下にある船着場へ下りていった。迷う様子はなかった。お花は小走りになって近づいた。

　船着場では、明かりが灯っていて、猪牙舟が客の乗り降りをさせていた。脇には空の荷船が何艘かとまっている。

　捨吉はそのとまっている荷船の一艘に乗り込むと、艫綱を解いた。いつも乗っている自分の舟だった。櫓を握った。近くの舟を避けながら、黒い水面を滑り出た。

　東に向かっている。大川の方向だ。

「あの舟を、つけてください」

　船着場に駆け下りたお花は、客待ちをしていた猪牙舟の船頭に声をかけた。捨吉の舟は、どんどん遠ざかってゆく。

「あいよ」

初老の船頭は、お花を乗せると棹(さお)を突いて舟を岸から離した。舳(へさき)を東に向けて櫓を漕いでゆく。

八つ小路からは人の喧騒に交じって、大道芸人の口上が聞こえてくる。人の笑い声も舟の上にまで響いてきた。しかし明かりだけは、石垣の下の水面まで届いていなかった。

どこかから戻ってきた舟、これから吉原へでも繰り出そうと意気込んでいる酔っ払いを乗せた舟。これらの脇を、お花を乗せた舟はすり抜けた。

橋を三つ潜っても、捨吉の舟は止まる気配がない。浅草橋を過ぎれば、大川は目と鼻の先である。本所か深川か。それとも西河岸を、新大橋や永代橋といったあたりまで向かうのか。その先の日本橋や京橋といった界隈へ向かうのか。

だんだん、お花の心の臓はどきどきし始めた。

気になるとはいえ、好いた男のあとを内緒でつけている。そういう自分を、どこかで後ろめたく感じてもいた。

大川に出た。舟は左に曲がった。

「浅草寺（せんそうじ）かそれとも……」

その先には聖天社（しょうてんしゃ）があり、すぐに山谷堀（さんやぼり）だ。そこへ入れば不夜城（ふやじょう）の吉原がある。

舟は勢いを緩める気配がなかった。左手の河岸には、巨大な御米蔵（おこめくら）の建物が何棟も聳えるように建っている。

これを過ぎると、浅草寺の門前が近づいてくる。空が明らみ、雑踏の物音が響いてきた。夜ともなれば、八つ小路をしのぐ歓楽の街になる。

大川橋が目の前に見えてきた。捨吉の舟は、これも潜った。さらに速力を落とさずに進んでゆく。

お花はここで、初めて大きな恐怖を感じて背筋をふるわせた。それは誰かに襲われるとか酷（ひど）い目に遭わされるとか、そういうことではなかった。

見てはならない捨吉の、暗い一面を目の当たりにしてしまうのではないかという恐怖だった。

川風を浴びていても、額に脂汗が滲んでくるのが分かった。

山谷堀にも、舟は入らなかった。

人家はまだ続くが、あたりは急に暗くなった。

「いってえ、どこへ行くんだ」

船頭が問いかけてきた。尋ねたいのは、お花の方だった。

捨吉の舟が止まったのは、家の明かりも満足にないような、場末の小さな船着場だった。周囲に人の気配など微塵もない。

捨吉は舟を杭に舫うと、岸に降り立った。提灯を灯したまま歩き始めた。

「ここはどこですか」

追ってきた舟は、まだ離れた場所にいる。お花は船頭に問いかけた。

「はっきりはしねえが、橋場町のあたりだろうな。西に行けば、小塚原だ。それで、どうするね」

逆に船頭が聞いてきた。闇の船着場に、女を一人で降ろすことにためらいがあるらしかった。

「大丈夫です。降ろしてください」

お花はきっぱりと告げた。ここまで来て、引き下がるつもりはなかった。そんなことをすれば死ぬまで後悔するだろう。

慌ただしく銭を手渡すと、お花も舟から降りた。周囲の様子はまったく分からなかったが、先を行く提灯の明かりを目指して歩き始めた。僅かな月明かりだけが、道先を照らしている。

腐った魚のにおいがする。明かりは見えないが、川漁師の住まいでもこのあたりにあるのかもしれなかった。

小屋らしい建物の前で、提灯の動きが止まった。戸が開くと中から明かりが漏れて、その中に吸い込まれるようにして捨吉は消えた。

「あそこに何があるのか」

胸の内で呟いた。お花の心の臓は早鐘（はやがね）を打っている。けれども引き返すことはできない。

忍び足で一歩一歩踏み出していった。

とうとう小屋の前までやって来た。耳を澄ますと話し声が聞こえた。建物に窓はなかった。聞き取ろうとして、体を壁に近づけた。

と、そのとき。

お花の肩が、背後から乱暴に摑まれた。

四

陸路を走った三樹之助は、行徳河岸の対岸になる箱崎（はこざき）一丁目に着いた。日本橋川は江戸橋で渡り、南茅場町をへて回り込むようにしてこの場にやって来た。もちろん回り道である。

箱崎一丁目の河岸には蔵が並んでいる。船便のいい場所だ。

明かりがないので、身を潜めるには都合がよかった。微かな月明かりでさえ、照らしてこない。

刻限としては、指定された五つにそろそろなろうという頃だった。

向こう岸には、船宿が並んで軒提灯が通りを照らしている。河岸際の舟をつけるあたりには、石灯籠が周囲を照らしていた。

人の話し声や笑い声、櫓の音などが響いている。客を乗せた屋形船や猪牙舟が、少なからず行き過ぎた。目の前の船着場にも停まっていた。客待ちの船頭が吸う煙草の煙が、夜空に舞って消えた。

源兵衛が舟から上がったのは、三樹之助が対岸の蔵地に身を潜めたのとほぼ同じ刻限だった。夢の湯の提灯が、石灯籠の脇に止まったのがよく見えた。

夜でも、このあたりは湯島よりよほど人の通行がある。駕籠に乗った芸者が現れたり、どこかから三味線の爪弾きが聞こえたりした。

源兵衛はゆっくりと周囲を見回していた。建物の軒下、路地、河岸の道、そして川面と船着場に停まっている一艘一艘の舟。どこかに、弥蔵や漆原の姿がないかと捜しているのだ。

三樹之助も同じように対岸から、周囲の様子に目をやった。不審な者が現れても、すぐには動かない。相手に姿を見せるのは、志保の姿を確認した後である。

こちらは明かりのまったくない暗がりの中だったから、不審な者を見かけると、その度に確かめやすい場所へと移動した。

舟の上は、特に念入りに見た。もし志保を連れて来ているとするならば、舟の中に置いておくと考えた。

藁莚（わらむしろ）がかけられている舟は、記憶の中に留めた。

河岸道にある船宿の板塀脇に、天水桶が置かれている。この陰に何かが動く気配があった。明かりがまったく届いていない場所である。

誰かが蹲っているのではないか。

気になったが、対岸からはどう移動しても見極めることはできなかった。

徐々に、ときが過ぎてゆく。現れるならば、そろそろ姿を見せてもいい頃だ。

胸中の緊張を解き放つように、三樹之助はふうと息を吐き出した。

大振りな屋形船が一艘、大川の方からやって来た。そして目の前の船着場に停まった。源兵衛の姿が、腰から下が見えなくなった。

もともと小柄な体である。

三樹之助は、崩橋の袂まで移って身を潜めた。ここなら何があっても駆けつけられると考えた。

三人の芸者が先に降りて、次々に商家の旦那衆といった気配の男たちが降り立った。十名ほどいる。船上での酒宴のあとらしく、どれも声高にしゃべったり笑ったりしていた。

尻を触られたと、騒ぎ立てる芸者もあった。

船宿から、女将や番頭が出てきて迎え入れている。屋形船から降りた客たちは、船宿へ移り始めた。旦那衆は、少し酔いを醒ましてからそれぞれの店に帰ろうというこらしかった。

だが酔っているからか、足下がおぼつかない。動きは緩慢だった。その陰になって、源兵衛の姿がときおり見えなくなった。

「ちっ」

舌打ちが出たが、三樹之助にはどうすることもできなかった。

はっと気がつくと、それまでちらちらと見えていた源兵衛の姿がなくなっていた。

すぐに現れるかと思ったが、酔った男たちや芸者衆が船宿に消えてもそのままだった。

「しまったっ」

三樹之助は蔵の軒下から、駆け出した。崩橋を渡って行徳河岸へ走りこんだ。

ちょうどそのとき、客たちを降ろした屋形船が船着場から滑り出て行った。河岸からは、源兵衛の姿がなくなっていた。

「ま、待ってくれ」

三樹之助は屋形船の船頭に声をかけたが、すでに離れたところへ行ってしまっている。振り返ることはなかった。

客待ちをしている猪牙舟があったので、それで追おうとしたが、石灯籠のところに先ほどまでは見えなかった物貰い（ものもらい）の婆さんがいるのに気がついた。掌に載せた小銭を数えている。

蓬髪（ほうはつ）の白髪が、風に揺れている。前歯が一本欠けていた。

「おい。つい今しがたまで、ここに立っていた男がどうしたか、お前は知っているな」

三樹之助は問いかけた。詰問調になっているのが自分でも分かった。物貰いの老婆は、怯えて体を硬くした。

「すまぬ。どうしたか、教えて欲しいのだ」

言葉を改めた。そして懐から小銭を取り出すと握らせた。

「ふ、舟に乗っていった」

「あの屋形船だな」

「そ、そうじゃない。わ、脇にあった小さな舟だ」

欠けた歯の間から息が漏れる。聞き取りにくかったが、どうにかそこまで分かった。

源兵衛は、猪牙舟に乗ったのだ。

「なぜその舟に乗ったのか。船頭が呼んだのか」

「お、おらが、文を、わ、渡したんだ」

「それを読んで、舟に乗り込んだのだな」

物貰いの老婆は頷いた。

「何と書いてあったのだ」

「そ、そんなことは、おら知らねえ。字なんか読めねえんだから」

「ではその文は、いつどんな者から受け取ったのだ」

「暮れ六つの鐘が、鳴ったあとだ。は、橋の袂で座っていたら、声を、かけられたんだ。五つごろになったら、河岸に、げ、源兵衛という男が、やって来るって。そ、そしたらこの文を渡せば、ぜ、銭をもらえるって、言ったんだ」

「それは浪人者か。それとも顎に刀傷のあるやくざ者か」

「あ、顎に、傷のある男だった」

弥蔵に違いなかった。

「傷のある男は、他に何か言ったか」

「も、もし二人以上でいたら、文は捨てろって」

「そうか」

したたかなやり方だった。

「他に、何か言ったか」

「さあ、い、言わなかったな」

これで尋ねるべきことは、なくなった。

源兵衛は一人きりで舟に乗ってしまった。三樹之助のしくじりだった。屋形船が滑り込んできたとき、もっと近くに移っておけばよかった。自分を責めたが、後の祭りだった。

「じゃあ、ゆくよ」

老婆は足を引きずりながら歩き始めた。三樹之助は老婆を、呆然として見送った。

次に自分が何をしたらよいのか、見当もつかなかった。

力が抜けてゆくのが分かった。源兵衛や志保、お半。そしてお久やおナツ、冬太郎の顔までが頭に浮かんだ。

だがそのとき、はっと思いついたことがあった。

「ま、待ってくれ」

老婆を追いかけ、呼び止めた。

「文を読んだあと、源兵衛は何か言わなかったか」

「そ、それは」

言われて老婆は、考え込んだ。すぐには思い出せないようだ。あるいは源兵衛は、何も言わなかったかもしれない。

「ううんと、な、なんだったっけ」

しきりに唸り始めた。何かを言ったらしかった。

「そ、そうだ。は、橋場町とか、なんとか」

「間違いないか」

「な、ないよ。あそこは小塚原の東だろ。し、知っているよ」

三樹之助は、言い終わる前に走り出していた。

「舟を出してくれ」

客待ちをしている猪牙舟の船頭に叫んだ。返事も聞かずに、乗り込んだ。

五

「てめえ、ここで何をしていやがる」

強い力で肩を摑まれた。悲鳴を上げることもできなかったお花の耳に飛び込んできたのは、男の塩辛声だった。

恐る恐る振り返ると、三十をやや過ぎたかに見えるやくざ者。顎に一寸五分ほどの刀傷があった。夢の湯で見た、人相書きの男だった。弥蔵という名を思い出した。

「きゃっ」

そこで初めて、小さな声が漏れた。

肩を摑まれたまま、小屋の中に押し込まれた。乱暴な扱いで、お花は土間に突き倒された。

「ああっ」

叫び声を挙げたのは、捨吉だった。顔が蒼ざめている。

「どうしたんだ」

捨吉が何かを言う前に、浪人者が声をかけてきた。これは漆原という男だ。

建物は、船具を入れる小屋らしい。網やつり道具、古くなった櫂や櫓などが無造作に置かれていた。

しかし何よりもお花を驚愕させたのは、いかにも高貴な身なりをした姫様ふうの女が荒縄で縛られ、地べたに座らされていることだった。口には手拭いで猿轡(さるぐつわ)をはめられている。

こちらを見て、黒目の勝った目を大きく広げていた。

「なあに、外でこの中をうかがっていやがったんだ」

弥蔵は応えて、お花の顔をみた。

「おや、こいつは。喜三郎と歩いていた女じゃねえか。おめえのこれか」

捨吉に小指を立てて見せた。捨吉は顔を強張らせただけで、返事をしなかった。

「そ、そうじゃねえ」

「てめえが連れてきたのか」

「じゃあ、どうしたってえんだ。こんな大事(でえじ)なときに、余計なことをさせやがって。てめえが甘(あめ)えからだろう」

弥蔵は、捨吉の胸倉を摑んだ。容赦(ようしゃ)のない摑み方だった。

「まあ待て。兄弟喧嘩をしている場合ではないだろう。かまわねえ、こいつも一緒に売り飛ばしちまえばいい。器量も悪くないからな、高く売れるだろうよ」

「違(ち)げえねえ」

漆原に言われ胸倉から手を離した弥蔵は、近くにあった荒縄を手に取った。すると捨吉が声を出した。

「ま、待ってくれ」

「うるせえ」

弥蔵は、怒声を上げた。日焼けした赤い顔が、どす黒くなっていた。

「忘れたわけではあるめえ。豊岡と源兵衛への恨みは」

それを言われた捨吉は、しゅんと項垂(うなだ)れた。

お花ははっと胸を打たれたように、弥蔵を見詰めた。腹の底が、一気に熱くなっていた。

「おれたちは、十六年前に親父とお袋を火事で亡くした。あんときは、ひでえ火事だった。奉公に出ていたおれたち兄弟三人も、焼け出された。そんときにおれたちの面倒を見てくれたのが、金兵衛兄いだったんじゃねえか。お陰で、寒さに震えたり、ひもじい思いをしたりすることもなく過ごすことができた。違うか」

「そ、そうだ」

捨吉はかろうじて応えた。

「金兵衛兄いが稼いできた金が、まっとうな稼ぎの金じゃねえことは、おれたちも薄々気づいていた。でもよ、その金を使わなければ、あのときおれたちは飯を食えなかった。再び奉公に出てからも、兄いには世話になった。おめえも、忘れちゃあいねえだろう」

「もちろん、忘れてなんていねえさ」

「おれと兄いは、組んで押し込み働きをするようになった。おめえが自分の舟を持つことができたのも、その金のお陰だ。そして三笠屋に押し込んだとき、初めておめえも加わった。奉行所の連中は、見張りのおめえには気づかなかったがな」

これを聞いたお花は、あっと声を上げそうになった。夢にも考えなかったことだからである。

「あのときおれたちは捕らえられたが、堀の船着場にいたおめえは無事に逃げた。そのことは、死罪になった金兵衛兄いもおれも、一言も漏らさなかった。それはおめえが可愛かったからだ。生かしておいてやりたかったからだ。だが、それだけじゃあなかった」

「分かっているよ。豊岡や源兵衛をそのままにしておかねえためだ」

「そうだ。おめえは、源兵衛に近づいた。住まいを切通町に移して、夢の湯に通った。隙があったら、復讐してやるという気持ちがあったと聞いたときは、嬉しかったぜ。そしておれが江戸へ戻ってからも、いろいろ夢の湯の動きを知らせてよこした。今夜だって、夢の湯に草履と文を置いて、源兵衛の動きを見張っていたわけだからな」

弥蔵はそこまで言ってから、お花に目をやった。

「いよいよ源兵衛をおびき寄せるというときに、こんな女を土産に連れて来やがって。こいつから、謀(はかりごと)が漏れねえとは、限らねえんだ」

弥蔵はお花を強引に縛り上げた。

「あんたたちは、間違っているよ」

お花は叫んだ。恐怖よりも、怒りの方が強くなっていた。

「そんなの逆恨みじゃないか。人の家へ押し込んで、盗ろうとしたから悪いんじゃないか。三笠屋や、あたしのおとっつぁんは、そのためにどれほど苦しい目に遭わされたかわからない。それで命を落としたんだから」

「ほう。てめえ、何者だ」

弥蔵は腰を屈めて、お花に顔を近づけた。目に驚きがある。

「私は、三笠屋の番頭だった竹之助の娘だよ」

「なるほど。すると様子を怪しんで、つけて来たわけか」

「そうじゃない。私は源兵衛さんに何かが起こっているなんて、何にも知らなかった。ただ捨吉さんの様子がおかしかったから、わけを知りたくてついて来ただけだよ」

「ふん」

弥蔵は、捨吉に近づいた。そして握り拳を作ると、思い切り弟の頬を殴りつけた。遠慮のない一撃である。

鈍い音がして、捨吉の体はすっ飛んだ。

「おめえは、餓鬼のころから甘え野郎だった。だから胸の内の動きを気づかれてしまうんだ。性根を入れ替えろ。金兵衛兄いのことを考えろ。餓鬼のときからおれたちは、お互いを守り、恨みは必ず晴らすと決めたってえことをだ」

捨吉は唇の端を切っていた。周囲は赤く腫れている。手の甲で、その血を拭った。

「大丈夫だよ、兄い。おれは、忘れちゃあいねえ」

捨吉は言った。

その言葉を聞いて、お花は涙が込み上げてきたのが自分で分かった。声も出ない。

ただ涙が溢れ出てくるだけだった。

捨吉が変わったのは、自分が三笠屋の番頭だった竹之助の娘だと話したときからである。

押し込みに遭ったことで店は傾き、おとっつぁんは責めを受けて店を辞め、病に臥した。そして亡くなったことを伝えたのだ。

弥蔵は捨吉を甘いと言ったが、そうではないとお花は感じている。こちらの気持ちを汲み取り、事の理非を悟った。だからこそ、自分と付き合うことを避けようとしたのである。

その気持ちが、今ようやく分かった。

「でも……」

堪えようと思っても、涙が溢れてくる。

弥蔵や金兵衛は、血を分けた捨吉の兄弟なのである。二人の兄は奉行所の吟味にあっても、盗みに加わった末弟のことは一切口にせず、長兄は斬首に、次兄は遠島を受け入れたのだった。

そんな兄たちに、捨吉が歯向かえるわけがない。また育ての親でもある金兵衛の死に対する恨みが抑えがたいことは、充分に考えられる。

「おい、そろそろ源兵衛がやって来るころではないか」

漆原が言った。この男は、顔色一つ変えずに兄弟のやり取りを見ていた。

「それもそうだな。おい、女を立たせろ」

弥蔵は捨吉に命じた。捨吉が立ち上がった。お花とは、目を合わせなかった。大家の姫といった気配の女の縄尻を摑んだ。だが、決して乱暴な扱いではなかった。

いったい何が始まるのか。

源兵衛は一人でやって来るのか。あの三樹之助という若いお侍は、どうしているのか。お花の胸中には、不安が広がるばかりだった。

漆原は二刀を腰に差し、弥蔵は懐に匕首を吞んでいた。そして捨吉でさえも、懐から匕首が覗いていた。

「おめえも立て」

弥蔵が、獣の眼差しでお花の背後に回り込んできた。

六

行徳河岸から出た猪牙舟は、大川の広い水面に入った。すぐに新大橋を行く人の提灯の明かりが目に入った。

両方の橋袂には、まだ明かりが煌々と輝いている。三樹之助は舟の前方に目をやるが、源兵衛の舟は確かめられない。まだあちらこちらに、明かりを灯した涼み舟が出ている。

近づくと、話し声や三味線の音が聞こえた。

「急いでくれ」

そう伝えてあるから、舟の勢いはいい。すでに何艘かを追い越していた。

ただ気になるのは、橋場町のどこかということだった。山谷堀を過ぎると今戸町となり、橋場町はその先である。もちろん人家はあるが、まばらで農家や川漁師の家が点在しているばかりだ。

江戸もはずれといった土地だった。

お尋ね者が潜んでいるには、都合のよい場所といえた。あのあたりには、似顔絵は配られていなかった。

新大橋から両国橋、そして浅草寺脇の大川橋も通り過ぎた。吉原に向かうとおぼしい舟を追い越した。山谷堀を過ぎると、河岸の明かりは一気に少なくなった。

三樹之助は闇の中に目を凝らす。

周囲の近いところに、舟の明かりは見えなくなった。

「河岸に寄せて漕いでくれ」

今戸町を過ぎたところで、船頭に声をかけた。じっと先を見詰めていると、舟明かりが一つ、おぼろげに見えた。向こうは船足を緩めた様子で、三樹之助の舟は徐々に近づいていった。

こちらの明かりを消した。

先方の舟は小さな船着場に漕ぎ寄っていた。提灯が一つ灯っている。その明かりで、源兵衛の横顔が見えた。

「もう少し近づいてくれ、ゆっくりな」

弥蔵らには、源兵衛が一人でやって来たと思わせなくてはならない。

船着場に停まると、源兵衛は降り立った。乗ってきた舟は、すぐに川下に向かって戻ってゆく。

闇の中から、黒い影が一つ現れた。武家ではない。弥蔵かと思われた。

何か話しているが、はっきりとは聞き取れなかった。源兵衛は懐から、持ってきた銭を取り出している。弥蔵は近寄らず、振り返って闇の中を指差した。

するとそこに淡い明かりが灯った。木に縛られた女の姿が二つ見えた。三樹之助からは顔が見えない。志保とお半だと考えた。

「進んでくれ」

やや離れたところに舟をつけさせた。飛び降りた三樹之助は、土手をよじ登った。乗ってきた舟が離れてゆく。

船頭には駄賃を与え、この出来事を今戸町の岡っ引きに知らせるように命じた。しかし捕り方がやって来るまでには、しばしのときがかかるだろう。

それまでが勝負だと、三樹之助は考えている。

「その金を持ったまま、少しずつ近づいて来い。ふざけたまねをしやがると、女の命はなくなるぞ」

弥蔵は言った。源兵衛には聞き覚えのある声だった。そのまま後ろへ下がっていく。

暗がりに目は慣れていたが、それでもまったく初めての場所である。あたりがどうなっているのか見当はつかなかった。

虫の音だけが、耳障りなほどに聞こえた。

行徳河岸で、三樹之助が自分の動きに気づいたかどうか、ちらと源兵衛は考えた。気づいていなければ、一人で闘うことになる。もともとそのつもりだった。

弥蔵は、三樹之助に気づけば、志保を殺してしまう可能性があった。それだけでも、源兵衛への復讐になるからだ。

弥蔵は四年前の吟味の折、金兵衛の処罰がどうなるかをしきりに気にしていた。身内には深い情を示すが、他人には非情だった。余罪として立証できなかったが、塩問屋の主人を襲い、刺し殺した上に七両の金を奪う事件があった。

あれをやったのは、いまでも弥蔵の仕業だと源兵衛は考えている。

闇の道は、かなりの凸凹があった。気づかずに進んで、足を踏み外しそうになることがあった。慎重に足を運んだ。

だがそのとき、何かを踏んだ気がした。ばたんと音がして、足に衝撃があった。激しい痛みを感じたのは、一呼吸ほどしてからである。

右足首に縄と棒が嵌まって、動かすことができなくなった。罠が仕掛けられていたのだった。

「引っかかったな。たわいもねえ野郎だ」

弥蔵の声に、勝ち誇った響きがあった。闇から滲み出たように浪人者が近づいてきた。

「まずは持ってきた銭を放れ」

距離を置いたまま弥蔵は言った。

源兵衛は言われたとおり、銭を放った。ぶつけるようなまねはしなかった。

「これでおめえも、終わりだ。おめえと豊岡のお陰で、金兵衛は首を刎ねられた。おれもひでえ目に遭った。八丈での暮らしは、そりゃあ口では言えねえほど厳しかったからな。この礼は、きっちりとさせてもらうぜ」

銭を懐にしまうと、その手で匕首を抜いた。腰を落とし、身構えた。漆原はニヤニヤしながら、この様子を懐手をして眺めている。

「おれは一人でやって来た。女たちを返してもらおう」

「甘めえな、おめえは。あの女たちは売れば金になる。てめえの始末をつけたならば、女を連れて江戸からはおさらばだ。田舎の大金持ちが、ご大身の姫様を何百両もの金で買うだろうよ」

「そうかい。そんなこったろうと思ったぜ。ならこちらも、死に物狂いでやってやるさ」

源兵衛も懐に手を入れた。抜き出したのは十手ではない。匕首である。

「おれゃ豊岡様を襲うのはしかたがねえが、関わりのねえ子どもや姫様を攫うなんざ、犬畜生だってしねえことだ」

「うるせえ」

弥蔵の一撃が突きこまれた。この刃を源兵衛は弾き上げたが、顔を顰めた。罠にかけられた右足に痛みが走ったからだ。あのとき足首に硬い木切れがぶち当たった。源兵衛の体の均衡が崩れた。

「くたばれっ」

第二の突きが、心の臓に向かってきた。確かな動きだった。

「くそっ」

源兵衛は覚悟を決めた。だがそのときである、キラと輝く何かが飛んできた。それが弥蔵の手の甲に当たった。

「ああっ」

匕首が、夜空に撥ね上がった。

「弥蔵。勝手なまねはさせぬぞ」

三樹之助は、刀を抜いて叫んでいた。弥蔵の匕首を撥ね飛ばしたのは、三樹之助が投げた小柄(こづか)である。

「こ、この野郎」

憤怒（ふんぬ）の形相で、弥蔵は叫んだ。

三樹之助はこのとき、四、五間ほどの距離にまで近づいていた。しかし弥蔵との間に、入り込んできた者があった。刀を抜き払った漆原だった。

「おっと、待ってもらおうか。弥蔵に死んでもらうわけには、まだいかねえんだよ。こいつは、いろいろと役に立つからな」

「役にだと。何の役に立つのだ」

「冥土（めいど）の土産に教えてやろう。こいつの錠前はずしは天下逸品だ。相棒にはもってこいでな」

「こののち、押し込みをしようというわけか。そのために復讐に付き合ったのか」

「まあ、そういうことだな」

漆原は、腰に差していた脇差を弥蔵に放り投げた。弥蔵はそれを受け取ると、すっと抜き払った。瞬く間に三樹之助の背後に回った。

「とおおっ」

漆原が斬り込んできた。裂帛（れっぱく）の気合が、夜気を割って迫ってきた。喉元を狙う迷いのない一撃だ。

三樹之助はこれを真正面から受けて弾いた。激しい火花が散ったが、攻防はこれからだった。

三樹之助の剣はそのままするりと回転して、漆原の肩先を目指した。体は近い。相手の剣は、まだ中空を泳いでいる。そのままいけば、避けることはできないはずだった。

「この野郎」

そこへ弥蔵の脇差が突き出された。三樹之助の背中を狙っている。

源兵衛はこれを阻止(そし)しようと自らの匕首を投げた。しかしかわされて、それは闇の中に消えた。

こうなるともう、身動きが取れない。足枷(あしかせ)が妨げになっていた。

三樹之助は刀を振り下ろそうとした。容赦はしない。だが源兵衛の匕首をかわした後の弥蔵の動きは迅速だった。

「くたばれ」

疾風となって刃先が三樹之助に迫ってきた。これでは漆原を斬っても、自分が刺される。

漆原と弥蔵の動きは、絶妙な連携だ。三樹之助はまず、脇差を払わなくてはならなかった。

その間に、漆原は体勢を立て直していた。

「きさまの命は、もう長くはねえ。念仏を唱えろ」

漆原が刀を上段に振り被った。前に出ながら振り下ろしてきた。

弥蔵も脇差を両手で構えて腰に当てている。

二人は同時に攻めてくるのではない。寸刻のずれを持たせているが、それは同士討ちを避けるためだった。

だがだからといって、こちらが別々に対応できる間隔ではなかった。

三樹之助は、あとから攻めてくる弥蔵に剣尖を向けた。下がりながら迫り来る体の後ろに、回り込もうとしたのである。

弥蔵の脇差は短い。攻め込んでくるのに、微妙な時間の差があった。弾き上げると、横にまわった。そこから至近距離にある弥蔵の太腿を蹴った。

体が前に倒れこんで泳いだ。

「弥蔵、どけ」

漆原が叫んだ。

三樹之助はその機を逃さず、一気に漆原めがけて刀を振り下ろした。はっきりとした手応えがあった。

「ううっ」

三樹之助の袈裟斬り(けさぎ)が漆原の肩から腰を裁ち割っていた。

体がどさりと音を立てて、闇の地べたに倒れた。

七

三樹之助は、弥蔵の姿を捜した。漆原が倒れる一瞬の間に、闇に紛れてしまっていた。何かが走り抜ける気配だけがあった。

志保が縛り付けられている樹木の根方のあたりで、微かな物音がした。

「おのれっ」

怒りと焦りの声が、三樹之助の口から漏れた。二人の女が縛られている。そのすぐ傍らに、脇差を手にした弥蔵がいたからだ。

立っている位置からは五、六間ほどの間があった。

志保は猿轡をはめられている。そしてもう一人の顔が見えた。確認して三樹之助は声を上げそうになった。二人目の女は、お半ではなくお花だった。

なぜここにいるのか。思いもかけないことである。

お花は泣き腫らした顔で、目に涙を溜めていた。淡い提灯の明かりの中でも、それが分かった。

弥蔵は、脇差の切っ先を志保の胸に当てた。

「刀を捨てろ。動くと、こいつの胸に突き刺すぞ」

濁声（だみごえ）が闇にこだました。切っ先は、着物の中に刺し込まれている。

「うむ」

三樹之助は、息を呑んだ。

縛られている志保と目が合った。志保はこちらを見詰めていた。

「な、何と」

志保は怖れ慄（おのの）いてはいなかった。恐怖がないわけはないが、それがまったく面（おもて）に出ていなかったのである。平然といつものように、高慢ささえ漂わせてこちらを見ている。

硬くなっていた三樹之助の心が、すうっと穏やかになった。弥蔵の言葉を受け入れようという気になった。不思議なことに、三樹之助の中にも怖れの心が薄れていた。

「わかった」

手にあった刀を、地べたに置いた。

そこで源兵衛が呼びかけた。腹から出てくる、凄味(すごみ)のある声だった。

「弥蔵」

「なんだ」

「おれは丸腰だ。どうだ、こちらへ来ねえか。その脇差で、おれを刺し殺したらよかろうぜ」

源兵衛は言った。挑発している。

足枷があるから動けない。だから来いという理屈だが、それだけではなかった。たとえ脇差を持っていても素手(すで)で闘う。せめてその間に、三樹之助に動いてもらいたい。そういう意志を感じさせた。

命を、捨てるつもりなのだ。

「ふん。そんな手にのるものか。そっちの侍が何をしでかすか知れたもんじゃねえ。おれはここから動かねえぜ。ここでてめえがくたばるのを見物するんだからな」

「何だと」

「おめえを殺してえのは、おれだけじゃねえんだ。兄いを殺された恨みを持っている奴はもう一人いるんだよ。おい、やっちまえ」

灌木(かんぼく)の枝が揺れた。その向こうの闇から、男の影が浮かび上がった。

源兵衛だけでなく、三樹之助にも予想外の展開だ。

「お、おめえは」

驚きで源兵衛は呻いた。

捨吉だった。手に抜き身の匕首を握っていた。ためらいなく、源兵衛に近づいてゆく。

そうかと、このときようやく三樹之助はこれまで腑に落ちなかったことの納得がいった。金兵衛や弥蔵にはもう一人兄弟がいたが、どこにいるかは不明だった。それが、末弟の捨吉だったのである。

漆原や弥蔵を匿い、夢の湯での動きを伝えていた。志保の草履を置いたのも捨吉に違いない。

何年も前から夢の湯に出入りしていたのは、この機を摑むためだったということになる。

そういえば捨吉は、湯屋の客の誰とも交わらなかった。いつも暗い顔をしていた。

手に刀はないが、三樹之助は身構えている。

捨吉は源兵衛の前に立った。何も言わないが、これまで見たどの顔つきとも違っていた。目に憎しみがこもっている。

肩を摑み、匕首を振り上げた。

源兵衛は抗うふうを見せなかった。

「やめてっ。そんなことしないで」

と、そのとき、夜気を裂いて女の声が響いた。木に縛り付けられている、お花の叫びだった。

捨吉の動きに、初めてためらいらしきものが浮かんだ。振り上げた刃先が微かに揺れている。

「さっさとやれ。首を斬られた金兵衛兄いの恨みを忘れたのか」

弥蔵の苛立ちの声が上がった。

振り上げられていた捨吉の腕に、再び力がこめられた。だが振り下ろすまでには至らなかった。

「おめえはな、この女に惚れていたはずだ。だからこいつだけは売らずにいてやるつもりだった。しかしな、ぼやぼやしていやがると、こいつも売り飛ばすぞ」

決め付けられて、捨吉の顔に決意の色が浮かんだ。

だがそのとき、もう一度お花が叫んだ。

「だめだよ。そんなことしちゃ。誰だっておっかさんが、痛い思いをして産んだ子どもなんだ。死なせるために産んだんじゃないよ。桃湯で聞いた産声を、忘れたわけじゃあないだろう」

捨吉は、初めてお花を振り返った。

「何をしていやがる」

弥蔵の苛立ちは募るばかりだった。捨吉が一振りさえすれば、宿願は果たされるのである。

このとき三樹之助は、弥蔵の横一間（約一・八メートル）ほどのところまで移っていた。捨吉に気を取られ、他のことが目に入らないのだ。

「あ、兄い」

初めに気がついたのは、振り向いていた捨吉だった。

素手の三樹之助が、弥蔵に躍りかかった。

まず脇差を握っている腕を、両手で摑んだ。志保の胸から切っ先をはずすことが、何を置いてもしなければならないことだった。同時に足も絡めている。

摑んだ腕を引くと、切っ先が胸から外れた。

「とうっ」

それを見て取った三樹之助は、腰を入れて弥蔵を投げた。

どんと地べたを打つ衝撃があって、弥蔵の体が転がった。三樹之助は覆いかぶさると、脇差を奪い取り腕を後ろへ捻った。

手を伸ばし、志保とお花を縛りつけている縄を脇差で切った。その縄で、今度は弥蔵を縛りつけた。

「お怪我はありませんか」

猿轡を、志保は自分ではずしていた。

「大丈夫です。あなたはきっと、ここへやって来ると思っていました」

ほっとした顔だ。目が赤くなって、明らかに疲れた様子だ。しかし泣くわけでも、笑顔を見せるわけでもなかった。

「ご苦労様でした」

見下す言い方だが、それは紛れもなく志保の感謝の言葉だった。

「捨吉さん」

縛めを解かれたお花は、捨吉のもとへ走った。そして両腕で男の体にしがみつき、声を上げて泣いた。

捨吉は、されるがままになっていた。

「これで、終わったな」

三樹之助は、源兵衛の足に嵌まっている枷の縄を切った。

「そうですね」

二人で縛った弥蔵を立ち上がらせた。泥のついた顔が歪んでいる。

「あの馬鹿野郎」

吐き捨てるように言って、弥蔵が弟の顔を見た。

八

板の間の壁に貼られていた極悪人の似顔絵がはずされて四日目、夢の湯にお半が訪ねてきた。一人きりである。

五平に命じて、三樹之助を女湯の番台脇に呼び出した。幸い昼前で客は少なかった。

「もう具合はよいのでしょうか」

お半が何かを言う前に、三樹之助から尋ねた。お半の人差し指に白布が巻かれている。骨折させられていた。お半は他にも、ひどい目に遭わされていた。

神田川から切通町へ抜ける武家地の道筋で、弥蔵から暴行を受け気絶した。道端に蹴飛ばされたので、まれにある通行人も気付かなかった。

襲われた顚末を聞いて、三樹之助は志保と現場に走った。倒れたままになっていたお半を助け起こした。

志保が声をかけると、お半はおうおうと声を上げて泣いた。

「ひ、姫さまは、ご無事でございましたか」

泣きながら、何度も繰り返して言った。

起き上がろうとしても、腰が抜けているからか立ち上がれない。仕方がないので、三樹之助が背負った。ずっしりと重たい体だった。

「どうする。夢の湯へゆくか」

夜も更けている。顔は腫れていたし腹も蹴られていたが、お半は酒井屋敷へ戻ると言った。屋敷では、さぞかし案じているだろうという配慮だった。

「それもそうだな」

麴町まで三樹之助は送った。

「暴漢に襲われたことにいたします。あなたはここでお帰りください」

屋敷に入って事の次第を説明しようとしたが、志保はそう言った。

あれだけのことがあっても、最後まで取り乱すことはなかった。これには、三樹之助も感心している。

そこで別れたきり、四日後の今日まで、音沙汰はなかった。

「具合など、よいわけがありますまい。右手が使えぬだけではありませぬぞ。あちらこちらが、いつまでも痛とうございます。そなたのお陰で、とんでもない目に遭わされました」

確かに濃い化粧をしているが、まだ顔はどこか浮腫（むく）んでいた。腹を蹴られているというが、五臓に支障がないだろうかと三樹之助は案じた。

「して、あの者たちはどうなったのですか」

それを知りたくてやって来たのだと、ようやく知れた。板の間の隅へ連れて行った。出入り口にいては邪魔になる。客にも、話を聞かれたくない。

「漆原は死にました。弥蔵は捕らえられて吟味を受けています。島抜けをした弥蔵は、獄門（ごくもん）を免れることはできないでしょう。同心の豊岡殿を襲い、源兵衛の命を狙っていたことは話しましたが、その他のことは一切しゃべっていません」

「しゃべらないとは」

「志保どのを攫ったこと、あなたに暴行をふるったこと、お花を取り押さえて縛ったこと、そして仲間に捨吉がいたことをです」

お半は捨吉とは会っていないが、志保から耳にしていた。

三樹之助は、お半の耳に顔を近づけて話している。湯屋の客に、聞かせないためにだ。

「どうしてそのようなことを」

お半も、愚かな女ではなかった。声を落としていた。

「島抜けや同心、岡っ引きの襲撃を認めた。それでもう充分だろうという言い草です。獄門の覚悟はできていると思われます」

「何と、ふてぶてしい」

「ええ。ですが本音は、他にあると思います。それは弟の捨吉を、守ろうとしているのです。口(くち)の端(は)にのせなければ、捨吉はこの度の一件には、関わりがなかったことになる」

「なぜですか。岡っ引きの源兵衛は存じているではないですか」

お半は納得がいかぬという顔をした。

「漆原はすでに亡くなっています。捨吉のことを知っているのは、他に志保どのとそなた、それに拙者とお花だけです。志保どのとそなたは、このことを酒井家の方に話しましたか」

していたら、とっくに屋敷から町奉行所へ何か言ってきているはずだった。

「いいえ、話していません」

　お半はなぜか胸を張った。

「四年前の事情を知らぬうちに、捨吉とお花は、好いて好かれる仲になっていました。お花は捨吉を支えて、二人でまっとうに生きていきたいと源兵衛に話しています」

「源兵衛は、受け入れたのですね」

「そうです」

　捨吉は船頭を続けていた。あのときのお花の言葉で、桃湯の赤子の産声が耳にこだましたと話していた。憎かった源兵衛だが、刺すことはできなかった。

　見張りのつもりで夢の湯へ近づいたが、産婆を迎えに行って礼を言われた。またお花の親を失った気持ちも分かって、それが胸の奥にあったそうな。

「弥蔵は捨吉のために、最後の最後で源兵衛を討ちそこなったことになりますが。恨みはないのでしょうか」

　もっともな問いかけだった。それは三樹之助も考えた。

「恨みや腹立ちは、消えてはいないさ。この三樹之助を殺してやりたいくらいの気持ちでしょう。だが、金兵衛にしろ弥蔵にしろ、あいつらは兄弟の絆だけは深かった。怒りとは別のところで、捨吉の命だけは助けてやろうとしているのではないか」

「分かりました。姫様には、そうお伝えいたしましょう」

「しかしな、物事はそう容易くは収まらない。捨吉には、源兵衛を刺さなかったことで、実の兄の願いと命を失うことになる。心穏やかならざるものがあるようだ」

「なるほど、しかし案ずることはありませぬ」

お半はさらりと言ってのけた。

「悪さをした者は、己が何をしたかをよく知っていまする。弥蔵は死罪になっても仕方のないことをしたのです。捨吉とやらは、まっとうに生きることで、兄の弔（とむら）いをすればよいのです」

お半らしい、割り切りかただった。

「承知した。捨吉には、そう伝えておきましょう」

弥蔵の仲間は、捨吉だけだった。おナツや冬太郎を誘い出した女は、金で雇った夜（よ）鷹（たか）だった。あの夜の翌日には、捕らえられていた。

「では、すべてが落着したわけですね」

三樹之助が頷くと、お半は急に顔を上げた。いつもの尊大な眼差しに変わって続けた。

「そこでじゃ、そなたのお陰で、姫様も私もとんでもない辛い目に遭わされましたぞ。

そのことをどうお考えか」

ひそひそ声だったのが、いきなり大きくなった。

「もちろん。あい済まぬことをしたと、心苦しく思っております」

これは本音だった。

「さもあろう。そこでだが、詫びの印に、我らをどこぞへ一日案内(あない)をして、楽しませなくてはなりませぬ。いかがじゃな」

「はあ」

嫌だとは、言えなかった。

気がつくと、お久が番台の五平と何か話していた。ひどく不機嫌そうだ。お半の話を聞いていたようだ。傍にはおナツ、冬太郎が立ってこちらを見ている。この二人は、にこにこ笑っていた。

自分たちも、連れて行ってもらえると思っているようだ。

「では、楽しみにしておりますぞ」

日取りまで、決められてしまった。

「それにしてもな、私はあれ以来、体の節々が痛くてならぬ。膏薬を貼ってもな、痛みは取れぬのだ。右手が使えぬというのも、厄介なことじゃ」

話が終わったかとほっとしかけたが、まだだった。

「さらにこの背中となく腹、胸も何かの折に打っていたようでな。そうそう、姫様のお腕にも、縄の跡が残っておいでだった。おいたわしいことではないか」

なかなか終わらない。よほど腹に据えかねているらしい。

早く終わって欲しいと願いながら、三樹之助はひたすら聞くしかなかった。

※本書は２０１１年３月に小社より刊行された作品に
加筆修正を加えた「新装版」です。

双葉文庫

ち-01-48

湯屋（ゆや）のお助（たす）け人（にん）【二】

桃湯（ももゆ）の産声（うぶごえ）〈新装版〉

2021年10月17日　第1刷発行

【著者】

千野隆司（ちのたかし）

【発行者】

箕浦克史

【発行所】

株式会社双葉社

〒162-8540 東京都新宿区東五軒町3番28号

［電話］03-5261-4818(営業部)　03-5261-4833(編集部)

www.futabasha.co.jp（双葉社の書籍・コミックが買えます）

【印刷所】

大日本印刷株式会社

【製本所】

大日本印刷株式会社

【カバー印刷】

株式会社久栄社

【DTP】

株式会社ビーワークス

【フォーマット・デザイン】

日下潤一

ISBN978-4-575-67080-6 C0193

Printed in Japan

千野隆司

おれは一万石

繰綿（くりわた）の幻（まぼろし）

長編時代小説
〈書き下ろし〉

高岡河岸に納屋を建てようと、勘定頭の井尻が無断で藩の公金を繰綿相場につぎ込み、賭けは裏目に出た！　そのとき世子の正紀は!?

千野隆司

おれは一万石

慶事の魔

長編時代小説
〈書き下ろし〉

正紀と京は子を授かり、山野辺には許嫁が決まった。おめでた続きの高岡藩だったが、続々と届く祝いの品のなかに「罠」が隠されていた。

千野隆司

おれは一万石

訣別の旗幟（はた）

長編時代小説
〈書き下ろし〉

定信政権との訣別を決めた尾張徳川家一門は正国の奏者番辞任で意を示そうとしたが、そうはさせじと定信に近い一派が悪巧みを巡らす。

千野隆司

おれは一万石

商武（しょうぶ）の絆

長編時代小説
〈書き下ろし〉

棄捐の令で大損害を被った札差をはじめ、商人が武士に対する貸し渋りをはじめた！　納屋普請で物入りの高岡藩は困窮する！

千野隆司

おれは一万石

大奥の縁

長編時代小説
〈書き下ろし〉

尾張藩の徳川宗睦と大奥御年寄・滝川が、反定信の旗印のもと急接近していた。宗睦は滝川の拝領町屋敷の再生を正紀に命じたのだが……。

千野隆司
おれは一万石
出女の影
長編時代小説
〈書き下ろし〉

正国の奏者番辞任により、久方ぶりの参勤交代を行うことになった高岡藩。金策に苦しむ正紀に、大奥御年寄の滝川が危険な依頼を申し出る。

千野隆司
おれは一万石
金の鰯（きんのいわし）
長編時代小説
〈書き下ろし〉

八月の正国の参府の費用捻出に頭を抱える正紀たち。そんな折、銚子沖の鰯が不漁だとの噂を耳にし〆粕の相場に活路を見出そうとするが。

千野隆司
おれは一万石
大殿の顔（おおとののかお）
長編時代小説
〈書き下ろし〉

銚子の〆粕を巡る騒動は、高岡藩先代藩主の正森と正紀たちの活躍により無事落着。だが波崎屋と納場の一味が、復讐の魔の手を伸ばし……。

芝村涼也
北の御番所 反骨日録【一】
春の雪
長編時代小説
〈書き下ろし〉

男やもめの屁理屈屋、道理に合わなければ上役にも臆せず物申す用部屋手附同心・裄沢広二郎の奮闘を描く、期待の新シリーズ第一弾。

芝村涼也
北の御番所 反骨日録【二】
雷鳴
長編時代小説
〈書き下ろし〉

深川で菓子屋の主が旗本家の用人に無礼討ちにされた。この一件の始末に納得のいかない同心の裄沢は独自に探索を開始する。好評シリーズ第二弾。